ゲーム実況者ＡＫＩＬＡ

夏木志朋

STARTS
スターツ出版株式会社

目次

ゲーム実況者ＡＫＩＬＡ

ファン・アート

部屋に叫び声が響き渡った。

パソコン画面には、電柱の陰から現れた女の姿が映っている。手足が異様に長い。女は黒髪を揺らしながらゆっくり振り向くと、異形の四肢を振り回してこっちへ向かってきた。

「うわうわうわ！」

ヘッドセットのマイクに向かって再び荒木周助《あらきしゅうすけ》は叫んだ。キャプチャーボードでパソコンと繋《つな》いでいるゲームコントローラーを激しく操作する。画面の中で主人公が逃げまどい、追ってくる女から逃れたかと思うと、角を曲がったところで、またその女と出くわした。裏返った声で絶叫しながら周助は、今のひっくり返った感じや、怖すぎてキレ気味になるものや、恐怖のあまりむしろ笑い出すやつも、今回の収録でもうやってしまったから、叫び声のバリエーションを増やさないとなと考える。

「いや、怖！　誰だよこんなゲーム作った奴《やつ》。サドが過ぎるだろ」

耳から聞こえるのは、ボイスチェンジャー機能を通ってヘッドフォンから発せられる自分の声だ。周助は「あっ」とマイクにつぶやいた。

「ドアがあった。ここに隠れましょう。頼れるのはドア先輩だけだ」

ゲーム内のドアに滑り込み、「助かった。ドア先輩へのグラシアスが止まらない」と口にする。普段の自分なら滑るのが怖くて言えないふざけたことも、この声なら言えるし、声が違うだけで成立する気がする。声質ってずるいなと思う。クラスの陽キャを思い浮かべる。それとも、思い切りの問題なのだろうか。

そうこうしていると、壁が叩《たた》かれた。拳の側面を無言で打ち付ける音。隣の部屋の姉だ。

〝うるさい〟を意味するその音に声をやや落として実況を続けながら、ちょうどゲーム内での地図がわからなくなってプレイがグダッてきたところだし、ここはあとから編集でカットしようと思った。〈親来襲でカットしました〉とキャプションをつけたら面白いかもしれない。実際は親ではなくきょうだいだが、親のほうがおかしみがある気がする。なんとなく。

編集点を見つけたと同時に飲み物のおかわりが欲しくなり、収録を中断して、空のペットボトルを手に部屋を出た。台所で中身を軽くゆすいだペットボトルに麦茶を詰め替えていると、ミッチョの餌皿にフードをつぎ足していた母親から「もう遅いし、いい加減にしなさい」と言われた。うんと返すと、さっきまで自分の声だと思っていたものと地声とのギャップに気持ちが曇った。廊下に寝そべって緩《ゆる》やかなまばたきを繰り返していたミッチョを拾い、抱きかかえて部屋に戻る。今日はもう終わりにしよう。ミッチョを膝に抱えたまま、データを保存して収録を終了させた。ゲームのタブを閉じると、開きっぱなしにしていたYouTubeのマイページが表示された。

〈【ゲーム実況】迫り来る謎の女から生き残れ！【AKILA】〉
〈【ゲーム実況】話題のイカのやつをAKILAがやってみた〉
〈【ゲーム実況】迫り来る謎の女から生き残れ！　その2【AKILA】〉

本名の荒木をもじってAKILA《アキラ》。単純すぎる名付けだが、AKIRAではなくAKI〝L〟Aにしたのは、前者だと有名な漫画のタイトルとかぶってしまって、検索の際に埋もれるからだ。自分のゲーム実況動画を見た誰かが、もし、その感想をネットに書いてくれたりなんかしたら、絶対に読みたい。だから、かろうじて識別性のある名前にした。でも、今となってみればそんなものは全然、いらない工夫だったようだ。

周助は、自分がAKILAとしてこれまでにアップしたゲーム実況動画の再生数を確認した。最後に見た時と、なにも変わらない。だいたいが三桁で、一度だけ、他の実況者があまり動画を上げていないマイナーな無料ゲームをアップした時のみ再生数が千を超えたが、つまりは、基本的に誰にも全然見られていない。

もうやめようかな、と周助は膝にいるミッチョの背中を撫《な》でた。既存のゲームをプレイしながらあれこれ喋《しゃべ》って、そのゲーム画面と自分の喋りの音声を一緒にして動画配信サイトに載せるという、いまやひとつの動画ジャンルとして確立された〝ゲーム実況〟の活動を始めようと思ったのは、一年前のことだ。別に、某さんとか、また別の某さんみたいな有名実況者になれなくてもいい。自分はたいしてゲームが上手くないし、トーク力があるわけでもないし、そんな自分を越えてやるという熱意をもってなにか努力しているかといえば、そんなこともない。高一だし、他にもっとやるべきことがあるだろうと思う自分もいる。

でも、好奇心で初めてヘッドセットに声を通してみた日に、心が震えた時のことを思い出す。

オンラインゲームがやりたくて、姉が彼氏とのビデオ通話に使っている簡易なヘッドセットを借りたのが最初だった。

気づけば翌週には、貯《た》めた小遣いで自分用のものをネット購入していた。今すぐなにかを始めないと居ても立ってもいられないような逸《はや》る気持ちで、今まで、他人の動画を見ることはあっても自分がやってみようとは思いもしなかったゲーム実況を録って、YouTubeにアップした。一番初めに選んだゲームは、買ったばかりのポケモンの新作だった。

ヘッドセットを通して喋っていると、自分が別の人間になれたような気がする。

いや、嘘《うそ》だ。もっと正しく言うなら、こうしている時だけ、自分が本当の力を出せているように感じる。

AKILAとして喋ると、ゲーム画面を前に、淀《よど》みなく言葉が出てくる。自分に意外と豊かな語彙《ごい》があることを発見した気持ちになったし、収録した音声をあとから聴いてみても、俗に言う〝録音した自分の声を聴くと気持ち悪くてびっくりする〟といった現象は、周助には起きなかった。それはもちろん、地声ではなくアプリの〝イケボ3〟という型番のボイスチェンジャーを通した声だからといった点も作用しているのだけれど、周助はその晩、収録した自分の音声を何度も再生して聴き続けた。学校でのカーストとか、容姿とか、ギャグセンスとか運動神経とか体臭とか、いろんなものをわきまえるのをやめたら、自分はこんなにもちゃんと話せるのだと思った。

周助は、好きでよく動画を見ている有名ゲーム実況者のことを思った。男性で、たぶん二十代か三十代で、実況映えしそうなゲームを見つけたら、いつも目ざとく素早く配信している。実況のファンなので彼の人物像にさほど興味はないけれど、それでも、話に耳を傾けていると、どういう人なのかというイメージがぼんやり出来上がってくる。

本当のことなんてわからない。彼の言う、猫が好きで実家の子供部屋に住んでいて彼女がいないというのも全部虚言で、実際はおしゃれなひとり暮らしで、動物が嫌いで、視聴者の中の誰かと付き合っているのかもしれない。でも、今のところ視聴者の間では彼のキャラクターは〝非モテのこどおじ〟――いい歳をして実家の子供部屋で暮らしている独身男性の意だ——になっていて、周助もその誰も傷つけない設定に安心して、彼の動画を見ている。

人気実況者の彼はよく、視聴者からイラストを描いてもらっている。プロフィールのアイコン画像に設定しているアニメ風の肖像も、絵の描けるリスナーからプレゼントされたものらしい。イケメン風だけど目の細い男性が、頭に猫を乗せている。イケメンなのは作画上の慣わしのようなものだと思うけれど、別の視聴者が描いたイラストも、共通して、頭に猫を乗せた目の細い男性、というポイントは守っている。彼本人が顔出しをしたことはないはずだから、これは彼の言葉の端々から視聴者が拾った個性を元にして、キャラクターデザインされているのだろう。

自分が任意に喉から出した言葉だけで、自分が構成される。

「ミッチョ」

周助は膝の愛猫を脇から持ち上げ、額同士がくっつくような形で向き合った。瓶詰めのオリーブオイルみたいな色の目に周助が映っている。しばらくそうしていたら、ミッチョが嫌がる動きをし始めたので、手を放した。彼女は飛び降りて、ドアの隙間から部屋を出ていった。

尻尾がドアの向こうに消えるのを見届けると、周助はパソコン椅子に背中を預けて、スマホでTwitterを開いた。親指でタイムラインを上に繰って流し読みしていたら、そのうちむずむずと、またいつもの衝動がやってきた。

周助は検索欄に〈AKILA〉と打ち込んだ。

画面が切り替わり、検索結果が表示される。

そして、予想はしていたが、気持ちが萎《しぼ》んだ。そこに並んでいる投稿群のうち、周助を指しているものは、AKILAの実況動画のリンクを貼った、ただのリツイートばかりだった。それもリツイートの主は、相互にフォローしている無名の実況者仲間だけで、いわば単なる、お義理のリツイートだ。

彼らがそうやってAKILAの新作動画を宣伝してくれるのは、周助のほうもまた、彼らが動画を投稿した際には宣伝のリツイートをするようにしているから、そのお返しというか、社交に過ぎなかった。そもそも周助自体も、そのメリットを得るために彼らをフォローしているから、人のことは言えない上に、むしろ感謝するべきだと思う。

でも誰ひとり、AKILAの動画に対して具体的なコメントをつけている人間はいない。機械的なリツイートが数件あるだけだ。彼らがAKILAの動画本編に目を通しているかどうかすら怪しい。そしてそれらの投稿に、いいねのハートマークはひとつもついていなかった。

いつもの光景だ。わかっているのに、自分で自分の名を検索するエゴサーチが習慣になっていた。

だから、その投稿を見た時、周助はすぐには事態が呑《の》み込めなかった。

遅れて、心臓が大きく鼓動した。

#AKILA
#ゲーム実況

短いハッシュタグだけの文字欄に、一枚のイラストが添付されていた。

描かれていたのは、赤い髪の若い男性だった。アニメ風のタッチで、両頬になぜか猫のヒゲのような三本線が描かれている。一見すると、周助の知らない漫画のキャラクターのように見えたが、周助が目を見張ったのは、彼の手にある〝力水〟という清涼飲料水のペットボトルだった。

周助が実況の時、よく飲んでいるサイダーだ。周助自身も動画内でしばしば、自らネタにしている。

投稿者は〝チトセ〟という名のアカウントだった。

周助はそのアカウント名をタップし、投稿者の他のツイートをさかのぼった。

〈学校だるい〉

〈アキラさんの絵描いてみた。下手ですみません〉
〈赤髪なのはなんとなくのイメージ。顔の猫ヒゲは、実況に時々猫の鳴き声が入ってるからw〉
〈力水って最近あんまり売ってないよね……〉

その他は、日常にまつわるものやゲームや漫画について語る投稿が続いていた。チトセは、絵を描くことと、ゲーム実況を見るのが趣味のようで、つぶやきにはたびたび、他の有名実況者の名が登場した。しかし、その中にまぎれて、ちらほらと〝アキラ〟の三文字が現れる。下へ下へと画面を素早く繰りながら、その三文字が出るたびに、周助は指を止めてツイートに見入った。

自分は勘違いをしているんじゃないだろうかと周助は思った。アキラという名前なんて、ありふれている。誰か別のアキラの話をしているのではないだろうか。

でも、過去ツイートを見るうちに、それがまぎれもなく自分のことだとわかった。周助が今までチトセのツイートを発見できなかったのは、チトセが普段はこちらのことを〝アキラ〟とカタカナ表記にし、つぶやきがAKILA本人に見つからないよう、検索避けの工夫をしているかららしかった。

〈応援したい気持ちはあるけど、ご本人に見つかったら恥ずかしいし〉

チトセがつぶやいている。

〈でも、イラストはしれっと公式表記にしてみた〉

どうやら、全部が筒抜けになるのは嫌だけれど、自分が厳選したものだけは見てほしいという気持ちがあるようだった。その気持ちは周助にはよく理解できる気がした。

心臓がドキドキして、ポンプされた血が巡った場所から順に広がるように、鳥肌が立った。「マジか」と部屋でひとりで口にして、チトセが描いたAKILAのイラストを、興奮しながら保存した。

穴が開くほどという言葉が大袈裟《おおげさ》ではないくらい、周助はそのイラストを見つめた。

赤髪のそのキャラは整った顔立ちで、現実の自分とは似ても似つかなかったけれど、誰かがこんなふうにイラストに描くほど自分のことを心に留めてくれているのだと思うと、途方もなく嬉《うれ》しかった。

〈アキラさんは雪《ゆき》のセレンがきっかけで知ったんだけど、トークが面白くて癖になる〉

イラストを保存したスマホで周助は、チトセのツイートを閲覧し続けた。『雪のセレン』というのは、周助が過去に実況して再生数が初めて千を超えたマイナーなフリーゲームだ。

〈もっと色々実況してほしい。人気出ると思う〉

〈学校ほんとだるい〉

〈私って本当、絵下手だな。バランス崩れてて気持ち悪いって言われた〉

〈なんか、恥ずかしくなってきた〉

〈今までに描いた絵、全部、削除しようかな〉

瞬間、周助はスマホを両手に思わず、

「駄目！」

と叫んでいた。

机の上に置いていた飲み差しのペットボトルが倒れて、麦茶がこぼれ出た。慌ててティッシュで堰《せ》き止めながら、さっきまでとはまったく種類の違う動悸《どうき》を胸に、再びスマホへかぶりついた。

青ざめる気持ちだった。なぜだかわからないけれど、このチトセは自信を失っていて、今現在、ネットにアップしている自分のイラストをすべて、消そうとしている。さっき見たAKILAのイラストも当然、含まれるのだろう。それは絶対に、駄目だと思った。データという意味でなら、すでにスマホに保存したから、チトセがネットから削除しようとなんだろうと、無事だ。でも、それは全然、別物だと感じた。ネットからAKILAが消えてしまう。初めて他人に容姿を与えられたAKILAが、周助のスマホの中という、また自分だけで完結した世界の中に置き去られてしまう。

周助は両手を組んで唇の前に置き、部屋の中を歩き回った。頭をかきむしっては、また祈るようなポーズに戻り、必死に考えた。

考えに考え抜いて、周助は結論を出した。


〈初めまして〉

メッセージ作成画面の中で、〝ミッチョ〟という作り立てのアカウント名が白く浮かび上がっている。

〈突然のDM失礼します。自分もAKILAさんのファンです。イラスト拝見しました。最高のキャラデザで、しかも、めちゃくちゃ絵がお上手ですね……！〉

深く考える時間もなく使った愛猫の名が、画面から自分を責め立てている気がした。でも、仕方ないのだ、と周助は嘘をつくことへの怖さに苛《さいな》まれながら、文章を打った。心の中で自己弁解が組み上がっていく。仕方がないのだ。この人はAKILA本人に見つかることを望んでいないし、仮にAKILA本人からの接触を喜んでくれたとしても、それは実況者本人が自分のイラストを描いてもらって嬉しがっているだけの行為になってしまうから、自分の絵に自信を失っているチトセへの、本当の励ましにはならない気がした。元気を出してもらうには、彼女の絵に純粋に引き寄せられた第三者でなくてはならないと思った。

文章を作成し終えると、送信した。

深夜まで待っても、既読はつかなかった。

けれど、翌朝起きると、スマホ画面には〈チトセさんがあなたをフォローしました〉という文言とともに、DMの返信が届いていることを示す小窓が表示されていた。

〈ミッチョさん、初めまして〉

〈フォローとDM、ありがとうございます。イラストを気に入っていただけて、とても嬉しいです〉

〈AKILAさんの実況、いいですよね！　ちょっと毒舌なんだけど、知的さも伝わってきて〉

〈同じAKILAさんファンの人と繋がれて嬉しいです。基本、日常ツイート多めですが、よければ今後ともどうぞよろしくお願いします〉

チトセからの返信だった。ツイートでは病みが入っているように見えたけど、結構きちんとした文章を打つなあということと、そんなちゃんとした相手を騙《だま》してしまった自分におののきながら、周助はチトセのDMの、AKILAに対する肯定的な意見の箇所を眺めた。頭の奥が痺《しび》れるような感覚があって、ふいに、本当の意見、という言葉が浮かんだ。これはお義理じゃない、本当の意見だ。

返信を打とうか迷った代わりに、親指を立てたスタンプを送った。

＊

〈学校だるい〉

〈ちょっと待って。アキラさんの新作アップされてる。学校終わったらみる〉

〈我慢できずに昼休みに見た。化け物を力水で悪霊退散しようとするところ爆笑したｗｗ〉

チトセの投稿に目を通して、周助は没頭のあまり、思わずバスを乗り過ごしそうになった。慌ててどうにか自宅の最寄りの停留所で降り、家までの夜道を歩きながら、再び彼女の投稿に視線を落とす。実際のところ、そのツイートを今日の昼過ぎにはすでに読んでいたのだけれど、そこから何度も見返していた。

家に着くと、塾用のリュックを部屋に置いて、夕飯と入浴を済ませ、自室で再度、

Twitterを開いた。チトセの新しい投稿があった。そのツイートに添えられているものを目にして、周助の心臓がまた熱い脈を全身に送り出した。

赤い髪の、猫のヒゲの意匠を頬にあしらったイケメンが、コミカルな表情で化け物に向かって〝力水〟を振り回している。

AKILLAの新しいイラストだった。

少し間を置いてから、周助はミッチョのアカウントでそのイラストにいいねを押し、つぶやきを投稿した。

〈うわあああああ〉
〈チトセさんの新作イラストだ！　力水で除霊するアキラさんかわいいｗ〉
〈アキラ氏の新作動画、自分もそのシーンでめちゃくちゃ笑いました〉
〈それにしても相変わらず絵が上手すぎる……こう言ったらなんだけど、アキラさんの界隈なんてジャンルとしてはどマイナーなのに、唯一の二次イラストを描いてくれる方がこんなにクオリティ高いなんて、なにこれ、マイナー砂漠に咲いた一輪の花？〉

別人を装うためとはいえ、自分で自分の動画に〝めちゃくちゃ笑った〟などと感想をつける行為への薄ら寒い痛々しさを感じながら、チトセの絵を褒めそやした。

ミッチョとしてチトセとこうしたやりとりを交わすようになって、もう何週間が経《た》っただろうか。

その間に周助はAKILAとして二本の動画を投稿し、チトセはAKILAの新作アップのあるなしにかかわらず、時々AKILAのイラストを投稿するようになった。

チトセは兵庫《ひょうご》県に住んでいるらしい。

とにかく学校がだるくて仕方ないらしい。

コミケで、当時好きだった漫画の二次創作同人誌を出したことがあるらしい。

背が低いのがコンプレックスだけれど、そう話したら〝低身長アピール乙〟と返されたことがあって、それ以来、あまり口にしないようにしているらしい。

どれも、彼女の日常ツイートから知ったことだ。

ミッチョとしての周助は、それらのつぶやきにはどう反応していいのかがわからず、たまにぽつぽつといいねを押すだけだったけれど、彼女がイラストを投稿した時は、ビビッドに好意的なリアクションをするようにした。

ミッチョの周助は、別に、はっきりと自分が女性であると性別を装うような発言はしなかった。しかし異性だと知れたら、彼女がミッチョの褒め言葉に別の下心を見出して無意味になってしまう気がしたので、明確に〝女性です〟と偽る発言はせずとも、男性実況者のAKILAのファン＝女性という先入観に乗っかって、嘘はついていないけれど男だとも女だとも言わない、という手法を、気づけば取っていた。

そんな自分を、周助はずるいと思った。だからこそ、彼女が無防備に日常ツイートをするたび、自分が同性のフリをして女の子の私生活を覗《のぞ》き見ているような気分になって、良心が苛まれた。

それでも彼女がイラストを投稿するたび、周助は、同じ女性オタクだったらどういう反応をするだろうかということを必死に考えて、それっぽい構文でチトセをとにかく持ち上げた。実際、彼女はとても絵が上手かった。周助から見れば、こんな特技があったなら、絵を描くことが楽しくて仕方ないだろうと思う。でも絵が上手い人たちの中には、やはり上には上がいるらしくて、彼女はいつも自信を失くしていた。

だからこそ、ミッチョの褒め言葉が染みたのだろうか。

〈もったいないお言葉……！〉

ミッチョの褒め言葉に、チトセが空中リプライを返す。

〈需要があるって嬉しい。やる気出てきた。また描こう〉

いつしか、ミッチョが褒める、それに気をよくしたチトセがAKILAのイラストを描く、ミッチョが褒める、そしてまたチトセがAKILAのイラストを――というループの構図が、完成しつつあった。

チトセはたぶん、同年代だ。同年代の女子になんて縁がない自分だけど、ある意味では〝ネカマ〟の自分が、こういう形で関わった女子とのやりとりに、ドキドキするなんてことはあってはならないと思う。

でも、別の下心はある。

彼女にAKILAを描き続けてほしい。

たとえAKILAが、彼女にとってもう、好きだからという理由ではなく、このキャラを描けば褒めてもらえるという絵描きとしての自尊心を満たすアイテムでしかなくなっていたとしても、他人が描いたAKILAの絵を、もっと見たい。

周助は自宅リビングの本棚にある絵本を思い出した。姉のお下がりとして子供の頃に読んだ、『星の王子さま』という有名な作品だ。

もう内容はうろ覚えでしかないけれど、絵本の中に確か、荒野の惑星に咲く一輪のバラに、王子がガラスの覆いをかけるエピソードがあった気がする。そのバラは高慢ちきでいけすかない性格をしていて、性格がいいというより、いい性格をしているのだけれど、王子はそのバラに枯れてほしくないから、せっせと水をやって、風除けの覆いをかける。

王子がなぜそんなにもそのバラに枯れられては困ると思っていたのか、理由はちゃんと書かれていた気がするけれど、覚えていない。

〈私、アキラさんの声が好きなんですよ〉

チトセがミッチョ宛てにつぶやく。いつしか、以前のような空中リプライではなく、明確にお互いを宛先にしたレスで時おり、AKILAについて語り合う関係になっていた。

周助はミッチョとしてリプライを返した。

〈イケボですよね〉

〈はい、それもあるんですけど、声質っていうよりも、話し方が好きで〉

一瞬、ボイスチェンジャーが寄与しない部分を褒められて、ふいをつかれた気持ちになった。だがすぐに、その話し方自体も、ボイチェン機能によって自分の気が大きくなっているからに過ぎないと思い改めた。チトセが言う。

〈話し方もだけど、ゲームのセレクトが気が利いてて。『雪のセレン』なんて、他の人はほとんど実況してないし〉

〈確かに。『雪のセレン』はアキラさんの実況を見て初めて知りましたが、いいゲームなのにね〉

〈フリゲの名作ですよね。実は私、来月のコミケ、『雪のセレン』で同人一冊出すんです〉

えっ、と周助はスマホを手に声を発した。チトセが過去に好きな漫画で同人誌を出したりしていたことは知っているが、そうした経験のない周助にとって、同人誌を一冊描くなんて、すごいことだ。作品への熱意に圧倒された気持ちになった。

〈すごいですね！　好きな作品なので、出されたら絶対買います。通販はされるご予定ですか？〉

〈そこでなんですが、ミッチョさんって、確か東京《とうきょう》在住ですよね。私、コミケで上京するので、よかったら来月、オフ会しませんか〉

今度は、声が出なかった。

周助は無意味にパソコン椅子から立ち上がると、机の上にあるスマホ画面の中の、たった今、とんでもない提案をしてきた相手のアカウント名を爆弾でも見るような目で見つめて、それから、なんのことはない、と気を取り直した。適当な理由でもつけて断ればいいだけだ。

すみません、実は、と断りの文を打とうとした時、チトセから続投が来た。

〈十七時の新幹線で帰るので、短い時間しかお会いできないんですけど、もしご都合が合えば、お茶でもしながらミッチョさんとアキラ語りができたら嬉しいです〉

末尾には、〈もちろん、急なお誘いですので、難しければご遠慮なくおっしゃってください。その場合はまたTwitterでお喋りしましょう〉と、笑顔の絵文字付きで気遣いの言葉が加えてあった。

逃げ道も用意されている。

当然、会うわけにはいかないし、会いたくもない。

なのに、返事を打つはずの指が動かなかった。無言で立ちすくむ周助の目は、彼女が書いた〝アキラ語り〟という箇所に注がれていた。

彼女がアキラを褒める言葉を、この耳で直接、SNSでのやりとりとは比べ物にならない対面ならではの言葉の量で浴びたなら、どんなに気持ちいいだろうか。

直後に周助は頭を横に振って、馬鹿な考えを頭から追い出そうとした。AKILAとしての自分はボイチェン機能を使って声を変えている上に、顔出しもしていないし、実況動画内ではチトセについた嘘が露呈しないように発言のリスク管理をしているから、対面してもAKILA本人だとバレることはないだろう。

でも、チトセはおそらく、ミッチョのことを女性だと思っているのだ。だからこそこうして、今時どうかと思う警戒心のなさで、会ったこともない人間をオフ会に誘っている。

それに、と周助は、今は電源を落としている暗いパソコン画面に映った自分の容姿を見て、すぐに目を背けた。学校の授業などで自分がなにか発言するたびに、周りから小声で合いの手のように上がる「チー」「チー」という、小動物の鳴き声に似た言葉を思い出す。それが、言動的にも容貌的にも冴えない男性を指す〝チー牛〟といったネットスラングが元だと知ったのは少しあとになってからで、彼らからすれば、チー牛がまたチーチー鳴いてら、ということらしい。

来たのが男だった上に、こんな奴だったら。

会えない。そう改めて思った。周助は固く目をつむり、わざと心が削れるような想像をしてみた。初対面の女子がこちらの姿を見て、露骨な形ではなくても、その表情の下でどんなふうに感情が動いているのかがわかってしまうあの感じ。

でも、想像の中でいつの間にか、会ったこともない〝チトセ〟というイメージの塊《かたまり》が、人の姿で目の前にいた。具体的な容姿は浮かばないけれど、口の部分から彼女が言葉を発する。

自分たちは〝十七時の新幹線に間に合うようなちょっとしたカフェ〟でお茶をしていて、チトセは身ぶり手ぶりを交えながら、嬉しそうに自分がAKILAという実況者のどんなところをどのように好きなのかを熱く語る。周助は彼女の言葉に、チー牛らしく大人しい同意の相槌《あいづち》を打ちながら、自分は自分で、チトセのイラストのどこをどんなふうに好きなのか、彼女の絵をどれだけ素晴らしいと思っているかを緊張した口調で話す。なぜなら、ミッチョは絵師としてのチトセのファンで、憧れの絵師様に会えて、すっかり恐縮・感激しているからだ。

奉《たてまつ》る。植木鉢の下の水受け皿がひたひたになるまで水をやる。

彼女のファンとしての仕事をする。

でも実のところ、彼女が話している相手は、他でもないAKILA本人だ。

そう思い描いたとたん、周助の腹の底から感じたこともない快感が駆け上った。時刻はすでに深夜零時を回っていて、窓のカーテンを閉めた部屋でひとり、周助はずっとスマホの上で止まっていた親指を動かして、文章を打った。

〈オフ会のお誘い、ありがとうございます〉

これから自分がしようとしていることを自覚しているのに、指先は淀まなかった。

〈コミケの日なら予定が空いているので、ぜひ、お会いしてお茶しながらアキラさん語りができたら自分も嬉しいです。でも、その場合、先にお伝えしておかないといけないことがあります〉

改行する。

〈私は男性です〉

打った。

〈チトセさんは女性だから、もし、約束した日に現れたのが男性だったらびっくりすると思うので、伝えておかないといけないと思いました。もし、今まで私のことを同性だと思われていたのなら、ごめんなさい。異性のフォロワーとオフ会をするのは、自分が逆の立場だったら怖いし、親御さんとかも心配すると思うので、もしオフ会をするのなら、これからもっとアキラさんクラスタが増えて、男女交えた大人数になってからのほうがいいのかなと思いました。迷惑かけたら嫌なので、あれでしたら、また の機会にって感じで遠慮なく断ってください〉

〈これからもっとアキラさんクラスタが増えて〉という部分に、〈そんなことがあるのかわかりませんが……〉〉と笑い泣きの絵文字を加えて付け足した。

〈私はチトセさんとたぶん同年代の高一男子です。普段は学校で〝僕〟と言ってますが、本当はこういうふうに〝私〟と言うのが一番しっくりくるので、ツイッターではそうしてました。ツイッターは唯一、自然な自分が出せる場所でした〉

また改行する。

〈チトセさんと話す時は、〝私〟って言うのはなんか、嘘ついて女性のフリしてるような気がしたので、自分のこともチトセさんのことも偽らなくていい〝自分〟という言葉を使ってました。そのせいで誤解させてたらごめんなさい。僕の心が女性だったら、それは別に嘘じゃないのかもしれないけれど、僕はたぶん、男です〉

改行。

〈アキラさんのことが好きな、男です〉

送信し終えたあと、周助は過去に見たネットニュースのことを思い浮かべていた。
海外の有名な音楽アーティストが、自分をバイセクシャルだと偽り、炎上していた。

セクシャリティはひとりの人間の中でも一定ではないケースもあるからと擁護する人たちもいたけれど、そのアーティストの場合は、そうした流動的なものとも少しわけが違ったみたいで、自他ともにファン獲得のためのパフォーマンスに過ぎなかったと認めて、バッシングされていた。

もうひとつ、男性が自分は異性に性的欲求を抱かない人間だと嘘をついて、女の子を安心させ、性加害事件を起こしたニュースもあった。実際にセクシャルマイノリティである人たちへの偏見をも助長させる、許されがたい事件であると記事には書かれていた。

周助は自分がこのうえなく卑劣な人間になったと感じた。明確に性的少数者だと偽ったわけではないけれど、自覚的に含みのある言い方をした。〝私〟と〝僕〟という一人称に関する部分に至っては、完全に嘘だ。

だけど、アキラさんのことが好き、といった箇所についてはどうだろうか、と考えた。でも、そうした苦しい理屈を言い表す熟語があった気がして、スマホで調べてみたら〝詭弁《きべん》〟という的確な語がヒットした。

ポペン、と音を立てて返信が届いた。

〈ミッチョさん、遅くに返信失礼します〉

彼女にしては珍しく、冒頭の挨拶に絵文字がなかった。

〈言いにくかったかもしれないことを教えてくれて、ありがとうございます。男性だったと知って意外でしたが、それよりも、同年代だということに驚きました。落ち着かれているので、私よりもずっと年上のお姉さんだと思っていました……笑
オフ会に関する安全面のことも、配慮していただき、ありがとうございます。

それで、提案なんですが〉

文章がいったん刻まれた。

〈ミッチョさんさえよかったら、やっぱり、会いませんか。

ミッチョさんのご心配されてることはもっともだと思いますが、場所もカフェで、周りに人もいますし、なにより、私と同じ、アキラさんのことが好きな人と、私は話してみたいです〉

刻み。

〈まだ日にちがあるので、よかったら検討してみてください。もし難しければ、私はコミケのあとに東京を散策して帰るので全然お気になさらず！〉

両手を上げた絵文字付きの文末には、〈追伸〉と短い言葉が添えてあった。

〈全然話変わりますけど、ミッチョさんのHNの由来ってもしかして〝美酢〟ですか？　私も好きです！　美味しいですよね〉

気遣うような話題の急旋回に、労わられていることをひしひし感じた。美酢がなに

かがわからなかったので検索してみると、韓国初の最近流行《はや》っているフルーツドリンクらしかった。実際の由来である愛猫の名は、周助が中学生の時に母親が子猫のミッチョを人からもらってきた時からすでにこうだったので、由来の由来も知らない。周助はチトセのDMに返信を打ち、追伸のところに、
〈HNの由来、正解です。母がよく飲んでいます。美味しいですよね〉
と書いて、送信した。

＊

普通だったら、自分みたいな男子は、当日までに色々なことを考えるのかもしれない。

例えば、この針金タワシみたいな癖毛が少しでもマシに見える方法を鏡の前で考えてみたり、どの服を着ていこうか思案してみたり。

でも鏡の前に立った周助の頭にまず浮かんだのは、自分が彼女に仄《ほの》めかした〝設定〟のことだった。

それっぽい服装ってどんな感じだろうか。

けれど、そう考えたとたん、また、その行為をとてつもなく卑劣だと感じて、服装

や髪型を設定に寄せる努力をするのは、やめた。そういうことが最低だと自覚できる程度には、自分は平成生まれ・令和育ちだった。

当日の空は、よく晴れた夏日だった。

海の上を走るゆりかもめに乗って、周助は約束の場所であるA駅にたどり着いた。コミケの開催地である大型施設から近いその駅は、どこか未来都市っぽい無機質さがあった。埋め立て地だからかもしれない。

周助は約束の中央改札で彼女を待った。

目の前をちらほらと、小型のキャリーケースを引いた人たちが通り過ぎていく。コミケから撤収した人々なのだろう。その中にDMで事前に知らされているオレンジ色のキャリーケースを持った女性がいないか目を走らせるたびに、緊張で気持ちが張り詰めた。

キャリーケース組は女性が多かったが、男性もいた。そのうちのひとりの男性の、灰色をしたTシャツの脇のところが汗の染みで濃く色を変えているのを見て、危なかった、と肝が冷えた。グレーか黒かで迷ったが、こっちにしてよかった、と周助は、自分が着ている、襟のところにチェック柄が入った黒の半袖シャツを見下ろした。ほどなくして、彼女はやってきた。

「ミッチョさん？」

話しかけられる前から、たぶんそうだと思っていた。遠目に目が合ったことでこちらが待ち合わせの相手だと確信したらしいチトセが、オレンジ色のキャリーケースの車輪をゴロゴロ鳴らして近づいてきた。

現実感がないまま互いに相手が間違いないかを確認して、近くにあるチェーンのコーヒー店へ向かった。

「オタク同士でオフ会する時は、結構、カラオケルームとか使う時もあるんですけど」

道中でチトセはずっと喋り続けていた。その間を周助のか細い相槌の声が縫う。

「ちょっと歩くんですけど、すみません」

「はい」

「ミッチョさん背高いですねえ！　一七五くらい？」

「はい」

「羨ましいっす。しかし暑いですね！」

「はい、めっちゃ、暑い」

「オフ会マジで初めてなんですか？」

「はい」

「もしかして緊張してます？」

「はい」

「私もです！　てか、」

歩きながら、チトセが宙を嗅ぐような仕草をした。

「この辺めっちゃ、海の匂いしません？　いや海なんですけど、ビッグサイトのあたりよりも、なんか独特の匂いがするっていうか」

「汽水なのかも」

周助は言った。

「キスイ？」

「海と川が合流して、海水と淡水が混じってる状態のことを汽水って言うんです。こらへんは汽水域で、だから独特の匂いがするのかも」

「そうなんですか？」

「わかりませんが」

「わからんのかい」

チトセが笑った。急に言葉尻を変えた突っ込みに少し面食らったが、気さくさに救われた気持ちになる。彼女の鼻が検知したのは潮の匂いではなく自分の臭いではないだろうかという不安を頭の隅に追いやりながら、少し前を歩く彼女のコンバースを眺めた。

初めて会ったチトセは、事前に知っていた通り小柄で、想像していたよりも、快活だった。でもその明るい声のトーンには、クラスの一軍と呼ばれる女子たちの声にはない濁りのようなものがあって、ああ、オタクなんだな、と安心した。

「すごい」

テーブルに広げられた物を見て、周助は心からの言葉を口にした。

カフェの奥まった位置にあるボックス席の卓上には、チトセがキャリーケースから次々と取り出した同人誌が並んでいる。コミケで購入した戦利品とのことだったが、これはあくまでも一部で、キャリーの中には〝見せられない〟本もまだ何冊か入っているそうだ。

許可を得て、周助はテーブルの上にある中の一冊を手に取った。表紙には、チトセの絵柄で『雪のセレン』の主人公である女の子の姿が描かれていた。チトセが今回のコミケで出した同人誌だった。表紙を眺めて、恥ずかしがるチトセの前でページを数枚めくったあと、周助は閉じた同人誌を両手でしっかりと持って、言った。

「買います」

「いい、いい。いいですよそんな。あげます。余ったやつだし」

そんなわけには、とつっかえながら周助は言った。代金を払う・払わないでしばらくチトセと言葉を交わしたあと、最終的にチトセが強引に話題を変えたので、うやむやになってしまった。本の代金がわりにここのお茶代を自分が持てばスマートな感じになるのかなとぐるぐる悩む周助の前で、チトセがコーヒーカップの持ち手を握った。

「『雪のセレン』、いまだに根強いファンがいるとはいえ、やっぱり古い作品だしマイナーなんですよね。今日も何人かは買っていってくれたけど、『雪セレ』で本出してるのは私ひとりでした」

コーヒーに口をつけて、チトセが続ける。

「パウチカレーさんとか、ノジマ店長みたいな有名実況者が実況してくれたら、再ブームが来る可能性も十分あると思うんですけど」

「僕も、そう思います」

膝に両手を置いて周助は言った。他のゲーム実況者の名前を出され、暗にAKILAでは拡散力にならないと言われた形ではあったけれど、腹は立たなかった。例に挙がった彼らは雲の上の人たちだし、周助自身もチトセが言うような再ブーム到来を望んでいる。『雪のセレン』は本当に面白いゲームで、なんと言っても、そのよさを理解して一番最初の実況動画を上げたのはAKILAなのだ。

もし本当に再ブーム到来現象が起きたら、自分の目のつけどころのよさが、動画のアップロード日時という揺るぎない数字によって、ネットの片隅の歴史に刻まれた気持ちになると思う。

「ミッチョさんは、AKILAさんの実況で『雪セレ』を知ったんですよね」

一瞬口ごもりそうになったけれど、どうにか淀みなく「はい」と頷《うなず》くことができた。実際の経緯は、小学生の頃、まだゲーム実況というものがそこまで興盛ではない時代にたまたまプレイして、時を経て自分がゲーム実況者としてさあなにを実況しようかと考えた時に思い出した、というものだった。

「AKILAさん、いいですよね」

チトセの声がにわかに興奮の色を帯びた。これがまさに主題で、今日の集まりはそのためにあるのだと周助に再認識させるような転調だった。

「最新のやつ見ました？　私、今日その話しようと思って、つぶやくの我慢してたんですよ」

「あ、はい、見ました」

おととい自分がアップしたものだ。

「『口裂き女』実況の最終回ですよね」

「もう、最高でした」

チトセがひとりで頷きながら言う。

「ラストの真エンドで主人公が怪異に立ち向かっていくところの、AKILAさんのアテレコで爆笑して。笑えるんだけど、熱くて、なんか、気づいたらちょっと泣いちゃってて」

「泣いたんですか」

「はい。熱くて泣くことってありませんか。私、AKILAさんの動画で結構、泣きますよ」

意外な感想に胸を打たれた気持ちと、感受性の強さに圧倒された感情を抱きながら、周助は目を背けた。

「泣く、とかはないけど……」

周助は「でも」と机の上に視線を戻して言葉を継いだ。

「いい回でしたよね。僕も感動しました」

「ミッチョさんは、AKILAさんのどういうところが好きですか」

問われて、周助は「僕ですか」と瞬きをしたあと、「そうですね」とチトセの肩越しにある壁を見ながら言った。

「明るいところです」

「ほう」

「初めは、単純に『雪のセレン』のゲーム実況が見たくて、他に実況してる人がいないからって理由だけで、彼の動画を再生したんです。でも見てるうちに、明るくて、声に芯が通ってて、自分にないものをたくさん持ってて、そういうところに惹《ひ》かれました」

チトセが「わかります」と深く頷いたあと、「あっ」と慌てたように手を振った。

「ミッチョさんが明るくないって言ったわけじゃないですよ」

「大丈夫です」

「ミッチョさんは面白いですよ。話してて楽しいです」

「大丈夫ですから」

そう周助が続きを促すと、チトセは「本当にそう思ってますよ」とコーヒーで口を潤して再び話し始めた。

「私も、最初は単にゲームの内容が目的で視聴し始めたから、わかるなあって。AKILAさんってノベルゲーのテキスト部分をちゃんと全文、読み上げてくれるじゃないですか。だから作業中とかにも聴きやすかったんです。初めはほとんど、絵を描いたり着替えたりする時の作業用BGMでした。だけど私も、そのうちにだんだんと好きになりました」

「チトセさんは、彼のどんなところが好きなんですか」

訊《たず》ねると、チトセは「私?」と周助と同様に言って、少し恥ずかしそうにしたあと、言った。

「変態なところです」

　周助は、

「えっ」

　と、思わず、心からの動揺の声を上げていた。変態って、どういうことだろう。なんだそれ。自分はなにか、そう思われるような発言をしていたのだろうか。クソとかチクショウとかは言うけれど、えげつない下ネタを言った覚えはないし、思い当たらない。それに、この前は話し方が好きだと言ってくれたではないか、と静かにショックを受けている周助をよそに、チトセが言った。

「だって、変態じゃないですか。再生数も少なくて、ぶっちゃけAKILAさんの動画を見てる人なんてほとんどいないですよ。なのに動画を上げ続けて、いつもあんなに楽しそうにしてる」

　チトセが親指の爪をもう片方の手で擦《こす》った。

「まるでひとり遊びしてるみたい」

　チトセが続けた。

「私は、自分の絵に反応がないと、すぐに不安になる。描いても意味ないじゃん、って思ってしまう。最近イラストを描けてるのは、ミッチョさんが私の絵にコメントをくれるからなんです。私はそんなふうに人に依存してるのに、AKILAさんはそうじゃない」

チトセは親指を擦り続けている。

「だから、試してみようと思ったんです」

「試す？」

周助が聞き返すと、チトセは「はい」と答えて、言った。

「YouTubeのコメント欄にも、あえてコメントをしませんでした。Twitterでつぶやく時もカタカナ表記にして、反応なんか絶対本人に届かないようにして、それでAKILAさんがどこまで続けられるかどうか、やめたらやめたで、見ものだと思ったんです」

周助は思わず言葉を失った。

「だけど、AKILAさんは投稿をやめませんでした」

チトセが親指を擦るのをやめて、片手を片手で握り込んだ。

「私、」

チトセが言った。

「考えてみたら私も、昔はそうでした。教室の隅でノートに絵を描いて、誰に褒められなくても、楽しかった。人の反応を欲しがるのが、不純なことだとは思いません。時には大きなモチベーションに繋がる、自然な欲求だと思います。でも、ただ、自分にそういう経験があるから、私には見分けがつくんです。AKILAさんみたいな人と、そうじゃない人の違いが」

「違い」

「うん。上手く表現できないけど」

チトセが顔を上げた。

そして彼女は、不敵な笑みを浮かべた。

「私ね、あの人は絶対、有名になると思うんです。私が感じたのと同じことに気づく人が、きっとたくさんいると思うから。そうなった時に、一番最初に目をつけたのは私なんだぞって威張るのが、私の夢のひとつです」

そう言ってチトセはコーヒーカップに手を伸ばした。

「だから、その一助になるために、初めて正しい名前表記のタグ付きで、あのイラストを描きました。まあ、実際に釣れたのはミッチョさんひとりでしたけどね」

そう言ったあと彼女はまた「あっ」と焦った顔で手を振った。

「すみません、釣れたなんて。私、失言多いですね」

いいえ、と周助は上の空で返して、しばらく考えたあと、訊ねた。

「チトセさん」

「はい」

「最近のAKILAを、どう思いますか」

周助の心臓が早鐘を打った。

チトセが以前のAKILAになにかを見出したのだとしたら、今のAKILAは、もう違ってしまっている。チトセと出会う以前と以後で、変化している。

チトセが描いたあのイラストを初めて見た日から、周助は前よりも定期的に動画をアップするようになった。今までは虚空に向けて発信していたのが、チトセという、実体の受け手が現れたからだ。

チトセはどんな気持ちになるだろうか、笑ってくれるだろうか、楽しんでくれるだろうかと考えながら、いつも動画を撮影している。でもそれは、チトセが好きになった純粋な状態のAKILAじゃない。チトセが本当にAKILAを好きなら、その違いに気づくはずだ。

でも、気づいていなかったら?

それは、彼女にとってAKILAがもう、ただの自己表現のツールに成り下がっているということだ。

それでいいと思っていた。そんな理由だとしても、あのイラストのAKILAが、誰かに一度は強く愛された証拠であるあの姿をともなって描かれ続けてもらえるなら、そんな理由で構わないと思っていた。

だけど、怖かった。

もし彼女が笑顔で、今のAKILAも全然普通に、変わらず好きだと言ったら、自分は本当に、この世界でひとりきりになってしまう気がした。

「最近の？」

チトセが丸い目で言った。口元にはまださっきの語りの際の笑顔が残っていて、そのせいで、会話の最中に聞き取れなかった言葉を聞き返す人のような顔になっていた。

しかし彼女はそれほど間を置かずに笑顔を引っ込めると、思案する風に目線を宙へ落とした。この人はなぜそんなことを聞くのだろう、そんな質問をするということは、この人は近頃のAKILAに対してなにか思うところがあるのだろうか、と考えながらも、おもねらずに、自分の実直な意見を口にしようとしている彼女の心の動きが、この時だけは手に取るように伝わった。

チトセが視線を周助に戻して言った。

「変わらず、好きですよ」

「そうですか」

今すぐ逃げ出して、なぜかトイレで鏡を見たくなった。自分の声を遠くに感じながら、頭の層の一番浅いところで、ああ、変な答え方をしてしまったな、と考えた。チトセは困惑すら感じさせる素直な表情でこちらを見ている。

「ミッチョさんは、なんか、今のAKILAさんがあんまり好きじゃない感じですか？」

申し訳なさそうに、おそるおそるといった様子でチトセがこっちを見上げた。

「正直、今と前の違いがあるのかどうかも、私はよくわかってないです。でも、最近は確かに前よりマメに動画をアップするようにはなったたし、アレですか、そういうマメメしさが、なんかプロっぽくて、前と変わっちゃったなって寂しく感じてるとか、そういう感じですか」

「いや」

周助は他人と話す時の常であるぎこちない笑みを浮かべた。笑ったのはたぶん今日一日でこれが初めてだった。

「そういうのじゃないです。僕も変わらず、最近のAKILAさんが好きです。ただ」

「ただ？」

「AKILAさんって、たぶんチトセさんのこと認知してると思うんですよね」

「え!?」

チトセが大声を上げ、そのあと口を手で塞《ふさ》ぎ、周りを見回した。周助は言った。

「あのイラストを、AKILAさんも見たと思うんです。だって僕だったら、絶対エゴサしますから。反応しないのはAKILAさんなりの距離感なんだろうけど、最近のAKILAさんは、あのキャラデザに喋り方を寄せてる気がします」

チトセが「えっえっ」とどもりながら、

「いやいや」

と真面目な表情で顔を上げた。顔が赤くなっている。

「ないですよ」

「僕はあると思います」

「寄せてるって、どういうところがですか」

「最近のAKILAさんは、活き活きしてます」

周助は言った。

「姿形《すがたかたち》がある人の喋り方です」

店内には流行りのポップスをインストアレンジしたBGMが流れていた。チトセは赤い顔で周助の言葉を否定し、顔の汗を手であおぎながらコーヒーカップを口に運ぶということを何度か繰り返したあと、言った。

「でも、もしそうだとしたらめちゃくちゃ嬉しいです」

その言葉に周助は小さく頷いて、話題を変えた。

「そういえばさっき、AKILAさんが有名になるのが夢のひとつだって言ってましたよね。チトセさんには、他にも夢があるんですか」

「ああ」

チトセが髪を耳にかけ、なおいっそう小さくなった。そして彼女はテーブルの隅に寄せた同人誌の束に目をやると、輪をかけて恥ずかしそうに言った。

「将来の夢があるんです。唯一の特技を活かした仕事に就きたくて」

へえと周助は好意的な関心を示す声で言った。漫画家やイラストレーターだろうか。

「私、ゲームクリエイターになりたいんです」

チトセが言った。

「『雪のセレン』みたいなゲームが作りたい。魅力的なキャラが出てくるノベルゲームです。それで、キャラのデザインを私がやりたい。自分が考えたキャラが喋って、物語を展開して、『雪のセレン』で私が感じたみたいな感動を、人に与えたいんです」

大きな秘密を打ち明けでもしたようにチトセが胸に手を当てて息をついた。周助は感嘆のリアクションをして、チトセならできると伝えた。恐縮するチトセを前に、周助は彼女の絵や感性の素晴らしさを熱弁した。

「チトセさんならできます。チトセさんの絵には、特別な魅力があります」

彼女に対してずっと思っていたことがある。そんなに人の反応が欲しいなら、もっとメジャーなジャンルの二次創作をすればいいのに、と。でもその疑問への答えはすぐに出た。彼女はその中では埋もれてしまうのだ。

周助は今日まで、同人誌というものを生で見たことがなかった。さっき初めて他の人が描いた同人誌たちを見て、思った。世の中には確かに、チトセより上手い人がたくさんいる。上手い下手を抜きにした、センスのようなものの面でも。

　チトセは、凡だ。

「僕は、チトセさんの絵のファンなんです」

　前のめりになる勢いで言うと、チトセがドギマギしながら、少し体を引いた。その顔に初めてわずかに警戒の色が走ったのに気がついて、周助は「あっ」と動揺した。やらかした。気持ち悪がられてしまった。

　自分の片手をもう一方の手で覆って体に引き寄せ、防御のポーズで硬直していると、チトセが「あっ」とさっきの周助と同じく、うろたえたような声を出した。こちらの〝設定〟を思い出し、自分の勘違いを申し訳なく思っているような声だった。

　彼女の顔からはもう警戒色が消えていて、逆に、自分が相手を傷つけた側であるような表情をしていた。周助は自分が今、わざとではないにしろ、嘘で手持ちに加えたカードを切った形になったのだと自覚した。最低だった。しかもこの場合、他人に対する距離感の詰め方が変であることと、性的指向はなにも関係がないのに。

「ミッチョさん、ありがとう」

　チトセが言った。

「私がまた描けるようになったのは、ミッチョさんのおかげです」

まっすぐに言われて、胸が苦しくなった。お礼を言うのはこっちのほうだ。チトセのあの絵を見た時、本当に嬉しかった。でもその気持ちを伝えるわけにはいかない——と思ったが、それはミッチョとして発言しても破綻はない言葉だと気づき、

「僕のほうこそ」

と周助は言った。

「あのイラストを描いてくれて、本当に、ありがとう」

こちらの言葉にチトセが笑った。

罪の意識と同時に、周助は夢想した。

夢があるなんて言うくせに、いちいち人の反応にくじけて、やめる・やめないを軽々しく口にしてしまう彼女は、弱い。自分たちは弱さが似ている。お互いに養分を供給し合っている。そして彼女は、自分に水をせっせとやっているのが誰かも知らずに笑顔で咲いている。

きっと彼女はそう遠くないうちにAKILAの絵を描くことをやめるだろう。自分だって、もうミッチョではいられない。ついた嘘の卑劣さを思い知ってしまったから、もうミッチョは続けられない。近いうちにミッチョは消えるべきだ。受験だのなんだのといった、半分事実のことを言い訳にして。

しかし、夢想は続く。

「チトセさん。僕、思うんです」

周助は言った。

「僕はチトセさんの作品のファンです。同時に、AKILAのファンでもあります」

周助の言葉にチトセが「はい」と頷きながら、いまいちよく理解できていない顔をした。

「だからチトセさん、夢を諦めないでください。ゲームクリエイターになって、それで将来、チトセさんが作ったゲームをAKILAが実況するんです」

ええっ、とチトセがのけぞって、笑った。

その後はふたりで、そうなったらどんなに素敵だろうかと夢を膨らませて語り合った。

新幹線の時間が来て、A駅からチトセと電車へ乗り、ターミナル駅で一緒に降りた。別れ際に、それぞれ逆の方面へと向かう分岐点《ぶんきてん》で、その日最後の言葉を交わした。

「チトセさん、夢を叶《かな》えてください」

周助の言葉にチトセが両手の拳を握ってみせ、「任せて」と親指を立てて去っていった。その後ろ姿を親愛の表情で見送り、彼女の背中が人混みに消えるまで見届けると、周助は踵《きびす》を返して、顔を無表情に戻した。どうだかな、と自分が乗る電車の方面に歩きながら、冷笑的な気分になった。きっとまた些細《ささい》なことで彼女は落ち込んで、このままだとその未来は叶わない気がする。

でも、水を与え続けたらどうだろう？

そして、周助は決心した。

乗り換えのために駅ビル同士を繋ぐ４Ｆの連絡通路を通ると、いったん空が開けて、空中庭園のような景色になった。緑化運動で植えられた草花に、ビル管理者の制服を着た中年男性が機械で水をやっていた。花壇から溢《あふ》れた水が床の敷石の目地を流れて、周助の足元まで届いた。

チトセがどれだけくじけて、心が折れそうになっても、自分の言葉で彼女を正しい道へと戻そう。

彼女が誰にどんな言葉で才能を否定されても関係ない。努力をすればきっと夢は叶うから。

彼女がどれだけ自分に自信を失っても関係ない。歩み続ければきっといつか輝ける時が来るから。

彼女の絵がどれだけ左右のバランスが崩れていようと関係ない。彼女が親や友達に進路を反対されても関係ない。自分の夢に見切りをつけて他の道へ向かおうとしても関係ない。彼女に将来、恋人ができて、自分の夢か、相手との幸せな将来かの択一で後者を選んだとしても関係ない。

水を与え続けた結果を見てみたくなった。

ポペン、と音を立ててスマホにメッセージが届いた。チトセからのＤＭだった。

〈無事、新幹線に乗れました。

今日は本当にありがとうございました。すごく楽しかったです。

AKILAさんとのコラボという新たな将来の夢ができて、前向きな気持ちになりました。

がんばります。

ミッチョさんもがんばってね〉

ＤＭを閉じると、周助はTwitter上からミッチョのアカウントを削除して、スマホを仕舞った。最後に見た〈がんばってね〉の文字が頭にちらついた。

言われなくても、これから忙しくなりそうだった。

＊＊

真夏の大学構内は蒸していた。

霧雨が漂い、下に溜まるような重い湿度が満ちている。ゼミのある棟から渡り廊下に出たところで声をかけられ、周助は相手のほうに顔を向けた。

「荒木くん、今帰り？」

同じ学科の男子学生だった。顔と名前が一致しないが、山本《やまもと》だか山口《やまぐち》だか、山が付く苗字だということだけは思い出せる細長い顔の男子だった。

「今日さ、これからみんなでくじら屋《や》に行くんやけど、荒木くんもどう？」

ＯＢが出している居酒屋の名だった。周助が「バイトがあるから」と言うと、相手は「わかった。また今度な」と、人数合わせで声をかけたに過ぎないことがわかるあっさりした反応で、連れたちの元へ戻っていった。

ボディバッグを背負い直して周助は大学の門へ向かった。ここ数年は散髪の手間をなるべく省くためにとにかく短くしているベリーショートの髪から地肌を伝って雨の水滴が垂れた。

後ろから、さっきの男子たち数人の陰口が漏れ聞こえてきた。

――いつはさ、――き、た――い、だから。――。

ははは、という笑い声ともつかない体の中の冷笑を吐き出す音。

周助はイヤホンをはめた。自分に対する雑音を消したいからではなく、単なる習慣だった。

バイトを終えて帰宅すると、弁当屋のシャケ弁を食べてから防音ボックスの前に座った。

大学進学を機に始めたひとり暮らしのこの1Kの賃貸アパートは、家賃相応の防音性しか備えていない。自分でパソコンデスクの上に設置した四角い防音ボックスの中に頭を潜らせてパソコンを立ち上げると、黄色い防音材が敷き詰められたボックス内部が宇宙船のコックピットのように、キューブリック映画じみた雰囲気で照らされた。

「おはこんばんちは。AKILAでございまーす」

普段は録画だが、今日はライブ配信の日だった。配信をオンにした状態でマイクに話しかけると、早くも視聴者からのコメントがついた。

〈AKILAおつー〉

〈待ってた〉

〈飯食いながら待機してました〉

〈生きる喜び〉

〈今日も声が国宝〉

〈AKIRA仕事帰り?〉

〈↑AKI「L」Aだよ　間違えんなよデコ助野郎〉

新作のホラーゲームのスタート画面を前に周助は続けた。

「さ、今日はね、みなさんお待ちかねの『デッド・ドア・ディライト』をプレイしていきたいと思います。あの名作『GGG』を出したリトルゴブリン社の新作ということでね、デッド・ドア・ディライト、略してDDD、今回もスタート画面にアルファベットが三文字、並んでおります。しかしなんですかねこのスタート画面、もうこの時点ですげえ、おどろおどろしいですね。では早速、やっていきます」

視聴者コメント欄がひとつひとつに目を通す間もない速さで流れていく。開始して数分ほどで観覧者数が千五百人を超えた。他の実況者に遅れを取らないよう、いち早く話題の新作ゲームを選んだということもあるが、ゲーム実況者としては中堅どころと言っても差し支えはない数字だった。

配信を終えて、SNS更新などのもろもろの残り作業をしていると、スマホが震えた。姉からの着信だった。ちゃんとした要件がある時だけ連絡をしてくる人物なので電話に出ると、ついこの前に大腸憩室炎で簡単な手術をした母親の予後の報告のあとに、『そういえばこないだ森《もり》くんと飲んだんだけど』とついでのように言われた。森くんというのは姉の恋人の弟の友人で、周助と同じ大学に通っている。

『あんた学校でなんて呼ばれてるか知ってる?』

知っているのでうんと答えて切ろうとすると『意識高い系、だって』と、まるでとうの昔に既知になったその言葉が最近の画期的な発明であるかのような声のトーンで姉が言った。おやすみと伝えて周助は通話を切った。

どうでもいいことを頭から切り離して明日のバイトのことを考える。周助のバイト先であるハイドロワークスは、ＷＥＢコンテンツやプロモーション企画を扱う従業員数が二十名弱の会社で、ハイドロワークス側が大学卒業後の新卒採用を見越して周助を雇用していることから、バイトというよりも実質、インターン先だった。

従業員数的には規模の小さい会社だが、業績はここ十年で安定して伸びていて、若者の間での認知度も高い。人気のあるＷＥＢライターが複数在籍していて、YouTubeチャンネルも設置しており、そのチャンネルの動画がよく再生数のランキングに上がっているので、働く以前から周助もその会社の名は知っていた。

高校一年の夏を境に一日も欠かさず動画投稿を続けたAKILAのチャンネルの登録者数が五万人を超えた大学二年の日に、周助はハイドロワークス社のＨＰの採用メールフォームから履歴書と採用志望のメールを送った。

返ってきたのは、丁寧な不採用通知のメールだった。しかしその明らかに定型文であるメールに返信《Re》する形で自分がゲーム実況者のAKILAであることを添えた文を送信すると、数日後に、会社の代表から電話がかかってきた。

「エビフライは好きかね」

それが代表の第一声だった。周助は「揚げ物はあまり好きではないです」と返し、そんなことよりも採用してもらえるのかどうかと訊ねると、その週明けからアルバイトとして登用となった。

意味不明な質問も、まだ四十代だというのに「〜かね」という漫画の社長キャラのような喋り方をしてみせるところも、ベンチャー以外の会社ではあり得ない傾奇《かぶ》いたキモい挙動だと思ったが、構わなかった。

ずっとゲーム実況者として活動を続けていきたいという希望はすでに会社側へ伝えてある。

代表は、もちろん、というかむしろ、正社員になったあとも実況活動は続けてもらうと言った。より一層、今の活動に励んでもらうし、企業案件のYouTubeチャンネルにも携わってもらう、とのことだった。

そうなることに確信があったから周助はハイドロワークスを選んだ。むろん、この先の生涯をずっとゲーム実況者——YouTuber——として生きていくのが現実的な未来設計ではないことはわかっている。その形態で生計を立てられる時代が、いち個人においてこの先何年も続くとは思えない。だからこそ、自分がパフォーマーとして終わったコンテンツ《オワコン》になったあとも、別の形でその仕事に携われるよう、今のバイト先に就職しようと考えている。

ハイドロワークスでアルバイトをしていることは大学の誰にも話していない。そもそも、大学生になった今でも、そんな会話をするような人付き合いが学内の誰とも、ない。

だが、それこそ網のような人間関係の情報網で周助がハイワで働いていることはどこかから学内の生徒たちに伝わったらしく、そこそこリスナーがいるゲーム実況者であることもうっすらと知られている気配があった。誰とも付き合わずにせっせとインターンや名前を売る活動に励んでいるところが、意識高い系と揶揄《やゆ》されるゆえんなのだろう。

風呂に入り、無水カフェインの錠剤を口に放り込んで撮り溜め分の実況動画を収録しながら、防音ボックスの中で周助は画面に向かって明るいトークを繰り広げ続けた。眠いという感覚が消滅したのはいつからのことだっただろうか。自分を不眠症だとも思わない。人間、ずっと起き続けていることなんてできないから、時々訪れるぶつぶつと途切れるあの感じが自分にとっての睡眠で、特に不都合も感じていないから、やりくりはできているのだろう。若さがあるからできることで将来に祟るぞと言われても、では並大抵の人間でしかない自分が夢を叶えるためにはどうすればいいんですかねという感想しか出てこない。

夢という言葉を思い浮かべてしまったために周助の指が自動的に動いた。開いていたタブを収納して流れるようにパソコンでXの画面を開く。

チトセ、というアカウント名が表示された。しかしTwitter時代と違うのは、その上に〝東海林《しょうじ》〟という名字がついていて、〝東海林チトセ〟というしっかりとした姓名になっている点だった。

ゆるい絵柄で描かれたイラストをアイコンにした〝東海林チトセ〟が、五時間前につぶやきを投稿していた。

〈最新話を更新しました!〉

画像付きでブログへのリンクが貼られたそのつぶやきには、すでに四桁台のいいねがついていた。貼られている画像はチトセの絵柄で描かれた漫画の一コマを切り取ったもので、周助が知っている画風をわずかに残しつつも、ホンワカとしたタッチになっている。漫画のタイトル部分には、

『東海林家の日常〜ネガティブ女子が理系彼氏のロジカル思考で快復した話〜』

とあった。

チトセ改め東海林チトセによる、自分と彼氏との日常を題材にした、エッセイ漫画だった。

東海林チトセは最近、自身の初の著作であるこの漫画を単行本として出版した。

売れ行きは好調で、エッセイ漫画家としてさまざまなWEBメディアにも露出している。しかし本人の将来の展望はあくまでもストーリー漫画家らしく、オリジナルの漫画作品のネームを描いては各出版社の企画会議に提出するという活動を精力的に行っていると本人がSNSで語っていた。

チトセの変遷を周助はずっと目の当たりにしてきた。

〝ミッチョ〟がアカウントを消して以来、チトセはAKILAの絵を描くのをやめた。代わりに、別の人気実況者のファンアートを描くようになった。周助はハンドルネームを変えて新しいアカウントを作り、今度は人気実況者のファン界隈という大勢の中のひとりとなって、チトセの絵に肯定的なコメントを送り続けた。

人気のジャンルの中でチトセという絵師はやはり、目立たずに埋もれた。それにより〝どうせ私なんて〟というネガティブなツイートがまた多くなった。しかし周助が複数のアカウントを使いこなして彼女に応援のコメントを送り続けた結果、彼女はモチベーションを取り戻し、自分の興味の赴くままにまた別のジャンルに移動しては、周助が数多の別人となって彼女に褒め言葉を送る、ということが何度も繰り返された。

彼女がAKILAの絵を描かなくなって、別のジャンルに次々乗り換えたとしても、別に構わなかった。彼女が夢への道から脱線しないように陰から自尊心を支え、いつか念願が叶って『雪のセレン』のようなゲームを作った彼女と一緒に夢の場所に立てるよう、力を尽くすのが自分の人生の仕事で、あのオフ会の直後に、自分の卑劣な嘘に耐えられなくなって、ミッチョのアカウントを削除するという自分勝手な形で彼女を傷つけた自分の使命だと心に決めていた。

彼女が「漫画家になりたい」と言い出したのはいつのことだっただろうか。

そのつぶやきを見た時、正直、眉間に皺《しわ》がよって「ん?」と声が出た。ゲームクリエイターの夢はどうした。

梯子《はしご》を外された気持ちにはなったが、その頃の周助はすでに何度も彼女の移り気に付き合い続けた結果、習い事が続かない小学生の子供を持つ親のような心境に達していた。自分は自分で彼女との夢を叶えるためにゲーム実況者として努力を続け、ハイワの社長以外にも他のWEBメディアから声がかかる程度には知名度を得始めていたから、たとえこの先もう彼女とは道を違えることになったとしても、彼女が新しい夢に向かって邁進《まいしん》しているならば、この数年間はお互いにとって無駄な時間ではなかったように感じた。この時すでに周助はあまり眠らなくなっていて、きっと漫画家になるのも並大抵ではない努力が必要なことだろうから、同じ地獄に誰かが一緒にいてくれるというだけで心強かった。

嫌な予感を抱いたのは、チトセに彼氏ができたという気配をツイートから感じた時だった。

正直に打ち明けると、その瞬間、真っ先に、普通に、苛立《いらだ》った。

なにやってんだよ、と思った。自分は一度も、恋人を作ったことがない。作らないというより、相変わらず非モテであるから欲しいと思ってもできないだろうが、できたとしても作らない。そんな暇がないからだ。

目標があるくせに男にかまけてなにやってんだよと思った直後に、吸ったこともない煙草《たばこ》をコンビニで買って部屋で吸い、咳《せ》き込んで死にそうになってから正気を取り戻して、恋人ができることと夢から降りることは別にイコールではないなと思い直した。

チトセはそれからオリジナルの漫画をアップするようになった。出版社に持ち込んでボツになったという短編を載せることもあったが、その作品を読んで、周助は少し驚いた。これでボツになるのかと思った。特別に面白いとは言わないが、素人目から見れば漫画雑誌の読み切り枠に載っていてもおかしくはないのではないかと感じる内容で、事実、チトセによるそれらの漫画には毎回、そこそこの数のいいねがついた。

上達している。

その事実を前に、周助は衝撃を受けた。ずっと見つめていたつもりが、実際に作品を見るまで彼女の成長に気づかなかった。修行中の身で男とちゃらちゃら遊びやがってと小馬鹿にしていた自分を、周助は恥じた。恥じたぶんだけ、それを取り戻すかのように、周助の心に敬服と、対抗心が起きた。

自分ももっと努力しなくては。

ますます作業に没頭した。チトセも周助も徐々にフォロワー数を伸ばしていき、気づけば周助は、精神的に春の季節の中にいた。花ざかりの中で暖かな風に吹かれているような、爽やかな気分だった。もうすぐ夏がやってきて、その熱風で自分とチトセはさらに飛躍する。チトセは近いうちに漫画家として花咲くだろう。そして自分は忍者の修行のようにその上をジャンプする。

ある日、チトセが新しい漫画をアップした。

〈のろけ漫画ですみません。相方との会話で面白いことがあったので漫画にしてみました〉

相方というのはチトセが彼氏を指す時の語だった。

その漫画はチトセと彼氏のやりとりを実録したもので、ついネガティブ思考になって落ち込んでしまうチトセに、彼氏が理系出身ならではの合理的な対人関係ソリューションを提案し、チトセの目から鱗《うろこ》が落ちる、という内容がいつもと違うエッセイ漫画向きの簡略化されたタッチで描かれていた。

周助がその漫画を目にしたのは日曜の午後で、その時にはすでにバズっていた。リプライにはフォロー外からのコメントがいくつも並んでいた。〈彼氏さんかっこよすぎる〉〈解決法がクレバーすぎて膝を打った〉〈私も次からこの考え方を取り入れてみようと思います！〉〈恋人のことを相方呼びする奴はだいたいブス〉〈もっと読みたいです！〉アンチコメが混ざりつつも、とにかくバズっていた。チトセはそれからそのエッセイ漫画をほぼ隔日でアップするようになり、周助がなにかを思う間もなく、半年後には書籍化の運びとなった。出版に際してチトセは苗字を冠する形でペンネームを改め、東海林チトセになった。

出版後、『東海林家の日常～ネガティブ女子が理系彼氏のロジカル思考で快復した話～』略して『ネガロジ』のAmazonレビュー欄にはずらりとレビューが並んだ。半数の肯定的な意見と、〈彼氏の提案するソリューション（笑）が別段目新しいものではなく、既存の自己啓発本からの引用ばかりで、なにがウケているのかまったくわからない〉〈彼女の頭が悪くてイライラする。女性全体を貶《おとし》めている〉〈かわいい絵柄で自分たちの夜の生活にも言及しているのがグロくてキモい〉といった半数の否定的な意見。AmazonレビューとSNSの反響にざっと目を通し、アンチコメントの中でもチトセに具体的に危害を与えるようなことを仄めかしているコメントを片っ端から通報処理して、周助はパソコンの前から立ち上がると自分の手にある届いたばかりのネガロジをベッドに叩きつけた。頭をかきむしったあとに防音ボックスに首から上を突っ込み、

「なにやってんだよ！」

と黄色い箱の中で絶叫した。

終わりだ、と思った。こんな風に自分を切り売りするようなことをしたらフィクション作家としての彼女のこの先は終わりである。彼女がエッセイ漫画で売れることを本望としているならなにも問題はないが、チトセ自身はいまだにXで〈オリジナル漫画を描きたい。『寄生獣《きせいじゅう》』みたいな、右頬を打たれたような気持ちになる漫画で人々を感動させるのが私の目標です〉と発言し続けている。なぜ右頬なのか、左頬では駄目なのか、たぶん〝頬を打たれたような〟という慣用句と〝右頬を打たれたら左頬も差し出せ〟といった聖書の一節を混同してしまっているのだろうが、それはさておき、終わりだと思った。この手のエッセイ漫画を発表して、その後フィクション作家として大成した例を、少なくとも周助は知らない。発表の順序が逆ならともかく、創作で成功する前に私生活を作品にするのは、私には自分自身から離れた部分でフィクションを構築する力がありませんと自ら宣伝して回ってしまっているようなものだ。

終了。

オワタ、と周助の口から死語が漏れた。防音ボックスの中でそのつぶやきは壁に吸い込まれて消えた。

チトセのXでの発言は徐々に妙な香りを放つようになった。

〈将来、子供が生まれて男の子だったら、ピンクが好きな子にしようと思う。性別に囚われるなんてナンセンス！〉

それはピンク色＝女の子のものという既存の価値観の単なる逆張りで、むしろめちゃくちゃ性別に囚われているではないかという突っ込みと、その男の子の好きなのがピンクだろうと青だろうとその嗜好《しこう》を尊重するのが真の自由であり、というか、本来、子供が自由に選択するはずの嗜好を〝しよう〟などといってのけるチトセに対する胸のざわめきなどが周助の胸に渦巻いた。キモい。とにかくすべてが、キモかった。

キモさで死にそうになりながら、周助は今日もAKILAとしてゲーム実況動画を収録し続けている。

ヂイイと悔しさでほぞを噛《か》むように唸《うな》ったあと、ポッと音を立てて消臭剤が空気に芳香を吐き出した。

ハイドロワークスのオフィス内で、周助は自分に与えられた片隅のスペースを使って上司の企画書に挿入する図をパワーポイントで作成していた。

室内で皆が黙々とパソコンに向かっている一方で、廊下を挟んだところにある会議室からは、時おり爆笑のような声が聞こえてくる。芳香剤を定期的に噴出する装置の近くに陣取っていると、自分が暗い森の中で胞子を吐き出すキノコ系の精霊であるような心地になってくる。腋《わき》が痒《かゆ》かった。長年のコンプレックスだった体臭を若干解決してくれたデンマーク製のデオドランドクリームは、強力な効果とともに肌へかぶれをもたらした。真のソリューションは痛みを伴う。

「AKILAくん、今、何中《なにちゅう》？」

制作部のデスクに斜め後ろから声をかけられた。なんの作業中かは彼の位置から視認できるパソコン画面を見れば明白なので、手を離せる状態か否かという質問だった。

「ちょっといい？」

呼ばれて隣の打ち合わせ部屋に移動すると、オレンジ色のヨギボーに腰かけて彼が言った。

まず初めに、昨日のゲーム配信見たよから始まった。次いで、ツイキャスのラジオ配信にも言及された。半分は自主的に、半分はハイワの橋渡しで、AKILAと同じくらいの知名度のYouTuberやVTuberと時々リモートの対談形式で配信している、馴《な》れ合いのような取り組みだった。「面白かったよ。雁木《がんぎ》マリさん、いいよね」とデスクが昨日のコラボ相手であるVTuberの名を出して頷いた。

「それで、またコラボの依頼が来てる」

「どなたですか」

「漫画家のね、知ってるかな。東海林チトセさんっていう方だよ」

気づけば、周助は立ったまま目を閉じていた。夜の森の音が聞こえる。木々が擦れ合い、月光を浴びて菌類の妖精が木の洞《うろ》の中で静かに胞子を吐き出している。「ちょちょ、どうした」立ち上がったデスクに顔の前で手を振られ、周助はゆっくりと目を開けた。

「東海林さんね、デビュー前からAKILAのファンだったんだって。最近、宣伝活動で音声配信を始められて、コラボ相手を考えた時に、真っ先にAKILAが思い浮かんだそうだよ」

月に夜と書くと聞けば一見は洒落《しゃれ》ているのに、実態は腋だ。

そんなことを考えながら、「真っ先に」というのはたぶん嘘だろうと思った。

「どうかな？　最近人気の漫画家さんだし、AKILAくんの新規フォロワー獲得にも繋がると思うんだけど」

チトセのほうもおそらく同様の考えでAKILAを指名したのだろう。もっと有名な相手をコラボ相手に選んだほうが宣伝効果はあるだろうが、格上すぎるとオファーの時点で振られる。今のチトセにとってAKILAは手頃な相手だ。デビュー前からファンだったという点は本当だから、対談にあたって予習にリソースを割く必要もない。

「初期から応援してくれてた古参ファンからのラブコールだよ。泣けるね」

そう言って再び腰を下ろしたデスクの顔に嫌みはなく、しかしながらそれを本当に美談だと思っているというよりも、こういうの好きでしょと大人が子供にとりあえずアンパンマンかピングーを見せておく時のような舐《な》めがあった。

デスクの表情と、チトセが重なった。彼女もこれを一種の美しい話だと思っていて、自分の申し出が少なくとも相手に悪い気はさせないと考えている。これればかりは自分の被害妄想ではなく、確かだと感じた。健気で泣かせるロマンチシズムの花束をこっちに向かって差し出している。

周助が返事を発する前に、デスクのスマホが鳴った。「ちょっと失礼」と彼が打ち合わせ部屋を出ていき、閉めた扉を一枚隔てた廊下で電話口の相手と何事かを話し始めた。「あ?」とデスクが呆《あき》れたような声を上げる。「なんだあいつ、調子乗ってんな」ため息。周助たちバイトに向けるのとはまた違う粗野な口調のデスクの声が、打ち合わせ部屋の中にいる周助の耳にも届いた。

そして彼は、嘲笑《ちょうしょう》と怒りとやるせなさと、冗談めかさなければやってられないという悲哀の混じった声で、言った。

「ひとりででっかくなったみたいな顔しやがってよ!」

通話を終えて部屋に戻ってきたデスクへ、周助は言った。

「やります」

おおそうか、とデスクが笑った。

「そう言うだろうと思って、買っといたよ」

これで予習しな、とデスクが周助に真新しいネガロジの単行本を差し出した。すでに所持しているその本を受け取り、礼を言った。

「こんな人気の人から声をかけてもらえるなんて、光栄だし、AKILAくんはラッキーだよ」

今、なんと言われたのだろうか。あたかもチトセのほうが格上であるような言い方だ。しかし世間的な視点で考えてみると、今やそれは事実だった。自己啓発的な側面のある本を出したことにより幅広い層から支持を得ているチトセと、ゲーム実況という、マスで見れば〝界隈〟でしかない場所で半端な人気を得ている自分。

「AKILAくんの都合が合えば、来週あたりで考えてる。もしOKしてもらえたら、東海林先生、東京まで来るってさ。都美でやってるマティス展を見に行きたいらしい。お互い顔出ししてないし、ブランディング的にパーソナルな部分を見せたくなかったら対談は音声のみのリモートで組むけど、その場合は東海林先生にうちの会議室を使ってもらおうと考えてるよ」

終わったあと飲み会への移動がスムーズだからね、とデスクが指先で本棚を整えながら言った。

渡された単行本の表紙を見つめたあと、顔を上げて彼に改めて礼を言うと、デスク

は目を見開いて、

「AKILAくんって、そういう顔で笑うんだね」

と、少しだけ気味が悪そうに言った。

*

エレベーターに乗って上階のボタンを押すと、扉が閉まって〝1〟という数字の横に上昇を示す矢印マークがついた。

〈ゲーム実況者のAKILAさんと生配信で対談することになりました！〉

東海林チトセが三日前に投稿したXだった。

上昇するエレベーターの階数表示が〝2〟に切り替わった。

〈初期の頃からファンだったので本当に嬉しい。AKILAさんと話せるなんて夢みたい。めちゃくちゃ緊張してると思うけど、みなさん、よかったら聞いてくださいね。〇日の19時からライブ配信です〉

東海林チトセの一昨日の投稿だった。

周助はスマホ画面を上方向に繰り続けた。エレベーターの箱が上昇するのにともなって、ここ数日のチトセのXが古いものから順に画面へ現れた。

〈対談、いよいよ明日だ！　緊張する～〉

一日前の投稿。

〈話変わるけど、また悲しいニュースを見てしまった。同性愛差別なんて早くなくなればいいのに。昔は衆道って文化もあったくらいだから、歴史的にも広く認められていることなのにね〉

女人禁制の環境で発生した女性の代替品としての衆道と、同性そのものを愛す同性愛では成り立ちがまったく違うと思うのだが、その点をチトセはどう考えているのだろうか。

〈男だ女だなんて本当に馬鹿らしい。性別なんてなくなればいいのに。性別なんて本当にナンセンス。同性愛差別に反対します〉

最後の言葉はともかく、同性愛者にとっては相手が同性であることが重要なファクターである場合も多いだろうから、同性愛者のアライアンスでありながら性別そのものを否定するチトセの論は自己矛盾している。十五時間前の投稿だった。

社会へ物申すチトセの投稿には多数のいいねが付き、リプライや引用Xには多くの〈ほんとそれ〉や〈同意します。先生、頑張って〉といった応援コメントが連なっていた。こうした反差別のXを投稿することで、チトセはリベラル層からの票も得ているようだった。しかしながらコメントの中には、周助が感じたのと同様のことを指摘する声もちらほらと存在した。それらを見て、周助は前々から抱いていた予感を、確信へと変えた。

これ、炎上手前じゃないのか。

東海林チトセのXからは、これまでネット上で何度か嗅いだことのある匂いがする。誰かが火を投げ入れれば一気に炎が燃え広がる枯野の匂いだ。

周助の頭にイメージが膨らんだ。

きっと対談の場でもチトセは同様の、思慮の足らない発言を行うだろう。ミスをしないようなら、その手の話題にこちらから水を向けてみてもいい。対談は生配信されていて、リスナーからのコメントがリアルタイムでオープンにされている。

リスナーはチトセのファンが大半だろうが、数で負けるとはいえAKILAのファンも対談を聴取しに来るだろう。チトセのファンとAKILAのファンは、毛色が違う。チトセのファン層が表向きは他人のことを妬《ねた》みも嫉《そね》みもしない、例えるならInstagram系であるのに対して、AKILAのファン層は怨念や気鬱が渦巻くX系だ。

周助は自分の中の、青色だったはずのものが、赤へと色を変えているのを感じた。

コメント欄がどうなるか——周助は目をつむって息を吸い、緩やかに吐き出しながら薄く目を開けた。——見ものである。

〈いよいよ本日、このあと19時からです！　対談にあたって東京にやってきまし

た〜〉

ピン、と音を立ててエレベーターが目的の階に達し、扉が開いた。ビル内の三フロアを本社にしているハイドロワークスの八階だった。首から下げたスタッフ証を揺らしながら周助が廊下を進むと社員とすれ違い、お互いに会釈付きで挨拶をした。

約二時間後に始まる東海林チトセとのライブ配信を、周助は会社の許可付きでこの八階から行う予定だった。自宅にある防音ボックスが壊れたからである。周助はオフィスの男子トイレに寄って手を洗い、東海林チトセから格下だと見なされたあの夜に防音ボックスをボコボコに殴って破壊した際にできた手の甲の傷を、洗面台のハンドペーパーで拭いた。

チトセのほうは、このワンフロア下である七階の会議室で配信を行う予定である。社員たちには、AKILAの顔を東海林先生に知られたくないので、万が一、彼女がいる時に出くわしても「AKILAくん」などとは声をかけないでほしいと伝え済みだ。虚像で売っているVTuberなども在籍しているためにその辺をよく心得ているハイドロワークス側は、わかった、と二つ返事でその旨を皆に通達した。

使用許可を得た部屋に入ると、周助は配信作業のセッティングを開始した。半円状のソファが置かれたその部屋はハイワに在籍しているインフルエンサーがYouTubeチャンネルの動画撮影を行う際に使われる空間で、今夜は周助ひとりが貸し切っている。

セッティング中に、スマホが震えた。社内グループラインのメッセージで、〈東海林チトセ先生が到着されました〉とあった。

配信機材の準備を終えると、周助はソファに腰かけて目を閉じた。このワンフロア下に、チトセがいる。自分のほうが上にいると思うと気分がよかった。だからこの場所を選んだ。思えばずっと同じことをしていると感じた。チトセの知らないところで上にいるのが好きなのかもしれない。

ぶつっと電源の落ちる感覚があった。気づけばスマホのアラームが鳴っていて、配信開始の五分前に周助は約三十分間の意識消失から目を覚ました。無水カフェイン錠を口に入れて、ヘッドセットのボイスチェンジャーをＯＮにする。マイクを口元に引き寄せて顔を上げた時、周助はすでにAKILAだった。配信画面では待機中のリスナーが早くもコメントを交わしている。次の瞬間、画面にポップアップが表示された。

〈東海林チトセさんが入室しました〉

周助は「アエイウエオア」と短い発声練習を行ったあと、一万円札を折り畳んで無理やり笑顔にした福沢諭吉《ふくざわゆきち》のような満面の笑みで、入室のボタンをクリックした。

『私、本当に、昔からずっとファンだったんです』

〝東海林チトセ〟が画面越しに言った。〈no image〉と書かれた人の胸像型のピクトグラムだけが表示されているウインドウの横では、音の波形を表すイコライザーが彼女の声と連動して映し出されていて、彼女の声の調子通りに弾んでいた。

「それは光栄だなあ」

口の形を〝エ〟のE音に作った笑顔のまま、周助は言った。周助の声に合わせてイコライザーが楽しげに跳ね回る。

「いやね、もうすっかり恐縮してます。僕のほうこそ東海林先生のお名前は以前から存じ上げてましたから、トーク配信のお誘いが来た時は驚きました」

チトセが『ああ』と感極まった半泣きのような声を発して、

『信じられないです。昔の自分に、今こうやってAKILAさんと話してるよって伝えたいです。漫画家やっててよかったあ』

と言った。

リスナーのコメント欄に新しい文章が投稿された。〈東海林先生かわいい〉〈ガチのオタ泣きやん〉

『私、「口裂き女」の頃から見てるんですよ』

「なっつかし！　めちゃくちゃ初期じゃないですか！」

『力水を飲むのはもうやめちゃったんですか……?』

「最近あんまり売ってないんですよー」

チトセが口にする内容から、やはり彼女が最近のAKILAの動画を見ていないことを察した。今交わした内容について、AKILAは過去動画の中ですでに散々語っている。対談に際して事前にいくつか直近の実況動画を見てきた程度なのだろう。

「いやいや嬉しいですね。今回の対談にあたって、僕も東海林先生の作品を拝読しました。好評で、僕のバ先のハイワ内でも読んでる人がたくさんいて、前から周りにオススメされてたんですよ」

恥ずかしげに礼を言うチトセを前に周助は続けた。

「すげえ面白かったです。ゆるい日常を描いた手に取りやすい作品でありながら、対人関係においてめちゃくちゃ使えるライフハックを教えてくれるのがいいですね。俺もね、まあ動画を見てくれてる人たちはご存じの通り、あんま友達がいないからさ、人間関係でよく悩むんだ。この本で特に心に残ったのはね、彼氏さんの『例えば死後の世界がどうなっているかを生きている僕たちが知ることはできないから、考えても意味がないように、自分の力が及ぶ範囲のみでの建設的な思考をすべきだ』って台詞《せりふ》です」

ばりくそカントのパクリである。コメント欄には、AKILAのファン層と思しきリスナーたちから〈AKILAの友達は俺だ!〉〈俺らがいるじゃねえか、AKILA涙拭けよ〉という言葉が流れていた。

『相方が、よくハッとする言葉をくれるんです』

チトセが言った。イコライザーの波形は彼女が発した慎ましく微笑《ほほえ》んでいるような声のトーン通りに、〝しずしず〟というオノマトペがぴったりの動きで揺れていた。

「相方」

周助はそこでわざと、とぼけて復唱した。

「ああ、彼氏さんのことですね」

『はい』

「パートナーさんのことを相方と呼ぶ方、いらっしゃいますね。そこには東海林先生の、なにかお考えがあったりするんでしょうか」

『はい』

イコライザーが俄然《がぜん》、息巻いたかのように大きく跳ね上がった。音階が一段上がった声で、チトセが言った。

『私たちの関係を言い表すのに、それが一番しっくりくるからです。彼氏とか彼女とかって呼ぶよりも、ひとりの人間同士がタッグを組んでいるようなイメージで』

「なるほど」

バリバリ肉体関係があるくせに。背の高い彼氏と小柄な自分がそういった行為をするとフィジカル的にはキツいけれど、普通のカップルよりも男女の体格差を感じられて幸せだとエッセイ漫画で描いていたくせに。

コメント欄に〈いい考え。うちとこでも採用してみようかな〉と賛同意見が上がった。

しかし、次にチトセが発した言葉で、その流れは少し変わることとなった。

『それに、性《しょう》にも合わないんですよね。彼氏が彼氏がって言うのって、なんかいかにも、女子って感じで。私、割とサバサバしてて男っぽいほうだから』

おっと。

周助は「ハハハ」と笑って「そうですか？」と穏やかなトーンで返した。パ、とコメント欄が更新されて画面が繰り上がり、リスナーが〈え、まさかの自サバ？〉〈テンプレすぎんよー〉と、にわかにざわつき始めた。

周助はヘッドセットのこめかみ部分に指を置いた。もっと追及してもいいが、AKILAの株が下がらないようにやらなくてはならないので、あたかも分別があるかのように、話題を変えることにした。

「漫画の中で、日常のあるあるネタを上手く描かれてますよね。先生は普段、どういったことから着想を得られているんですか」

『えっと』

チトセがうろたえるような声で言った。批判的なコメント欄を彼女も目にしたのだろう。

『家のことをしてる時とか……あ、それと、電車に乗ってる時に、よくアイデアを思いつきます』

「あ、わかります。移動中って色々浮かんできますよね。他にやることがなくて拘束されてるっていうあの環境がいいんですかね」

『そうなんです』

チトセがパン、と手を打つような音が聞こえた気のする声だった。話題が移って、いくぶんホッとした様子だった。

『それもあるんですけど、私はよく、他の乗客の方を観察するんです。といっても、若い人たちを下世話な目でジロジロ観察するわけじゃないですよ。ご年配の方とかを眺めて、その人が全盛期だった頃はどんなだっただろうかって想像するのが、私の趣味なんです』

〈こいつ、なんか香ばしくね〉

コメントを警戒したチトセが若干の取り繕いを入れたのもむなしく、コメントがついた。

〈その人のいつが全盛期だかなんて、その人自身が決めることだと思うんだけどな。

歳がいった人を見てはその人を勝手に〝終わった人〟扱いするなんて、ちょっとどうなの、この漫画家さん〉

〈エイジズムだよね〉

〈十分下世話だろ〉

スマホが震えた。この対談をモニターしている社内の担当者からのLINEだった。

〈アンチコメント投稿者が複数人いるので、各個、ミュートしました〉とのことだった。それにより加速していたコメント欄がいったん静まって、〈東海林先生の声って少し、きり丸《まる》の声優さんに似てる〉等の、平和なコメントのみになった。チトセのところにも同じ通達が届いたのか、彼女がまだ戸惑いを残しながらも、落ち着きを取り戻そうとしている声で言った。

『ごめんなさい、言葉選びが下手で』

「そんなことないですよ」

『まあ、そんな感じで、家事中とか移動中に、思いつくことが多いです』

〈わかる〉
パ、と一件のコメントが新しく投稿された。男性アニメキャラのアイコンを掲げたリスナーで、若い女性と思しき雰囲気だった。
〈私も漫画家を目指してて、散歩中とかによくアイデアを思いつきます。東海林先生

みたいな漫画家になりたい〉

『あ……』

チトセがつぶやいた。そのコメントを見たのだろう。暗闇の中で出口の光を見つけたような、少し、泣き出しそうな声だった。

『ごめんなさい、ちょっと嬉しいコメントがあって。この方、漫画家志望だそうです』

「本当だ。こういうの嬉しいですよね。おーい、コメントくれた人、聴いてる？　きみはたぶん東海林先生のファンなんだろうけど、俺もきみの夢を応援するよ。頑張ってな」

〈わ、わ〉

漫画家志望のそのリスナーから反応が返ってきた。

〈自分語りのコメントに反応してくださり、ありがとうございます。私もずっと東海林先生とAKIRAさんを応援します〉

「AKI〝L〟Aな！　〝L〟な！　無理すんな！　でもありがとな！」

チトセが笑い、コメント欄にも〈w〉が並んで場が和んだ。弛緩《しかん》した空気の中で、チトセが笑いの名残が混じった緩やかな波形で言った。

『あとねえ、さっき人間観察の話をしてちょっと表現を間違えてしまったけど、人間ウォッチングは、やっぱり好きですね』

よせばいいのに自分からほじくり返していくのは、失言をすべてこの機会のうちに清算しておきたいという小心からくる行為なのだろう。

「そうなんですね」

決して同意も肯定もしない相槌で周助は頷いた。

『はい。うがった見方だけじゃなくて、外に出ると微笑ましい光景もよく目にするじゃないですか。そういうのを見ると、幸せな気持ちになります』

「なんか最近、ほっこりエピソードとかありましたか?」

『ええ、昨日、東京に前乗りした時に、都立美術館で、とあるカップルを見たんです』

チトセの語りは止まらない。

妙にきりりと声色を澄《す》んだものにして、チトセが言った。

『カップルといっても、男女ではないです。若い男の子同士が、手を繋いで一緒にマティスの絵を見上げてました。周りの誰もそのふたりを変な目で見たりはしてなくて、さすが東京、と思うと同時に、早く全世界がこうなればいいのにと思いました』

チトセが言葉を切り、イコライザーがいっとき、平坦な一本の線になった。

「それは素敵な光景ですね」

『ええ』

チトセの声が、尊厳を取り戻していた。

「世界が早くそうなることを、僕も願います」

『はい、でも、そのふたり――』

チトセが急に、ぷっと吹き出した。

『そのあと、二階展示室に上がる階段の踊り場の隅っこで、電子タバコを吸い始めたんです。当たり前だけど禁煙なのに』

「ありゃりゃ。そりゃ駄目じゃないですか」

『いいんです。だって』

チトセの声が、夢見るように上ずった。

イコライザーの波形が山なりの稜線を描く。

その曲線を見た時、周助はなぜか、花嫁が投げる花束の放物線を連想した。

そして、夢見るような口調のままに、チトセはうっとりと言った。

『ホモは、存在するだけで尊いから……』

はい、アウト。

AKILAとしての周助はなにも言わず、沈黙していた。こちらが返事をせずに黙り込んだことでイコライザーの波形が心停止のようにまっすぐな線を描き続け、これが地上波なら放送事故と呼べるほどの間が流れたあと、リスナーのコメントが続々と表示され始めた。

〈え？〉

〈今、ホモって言った？〉

〈差別用語じゃん。てかこの人、リアルの同性愛をBLとして消費してる？〉

〈公共電波でホモ発言ネキ爆誕〉

〈AKILA引いてんじゃん〉

ガサゴソ、と画面の向こうから物音がした。向こうもノイズキャンセリング付きマイクを使っているだろうから、ほとんど聞き取れないほどのわずかな雑音だったが、チトセが青ざめて椅子から立ち上がったのだとわかった。

「東海林さん？」

周助は呼びかけた。返事はないが、わずかな雑音が続いているのでまだ音声をオフにはされていない。〈ホモネキ逃げた？〉批判コメントは止まらない。ハイドロワークスからのミュートを逃れた礼節あるリスナーも、もはやアンチに転じているようだった。〈このリテラシーでよく今まで炎上せずにこれたよな〉〈これだから女さんは〉

批判に混じって、新しいコメントが投稿された。

若い男性アニメキャラのアイコン。

先ほどチトセに応援コメントを送った、漫画家志望の女子からのコメントだった。

〈ごめんなさい、さすがに擁護できません。私はBLが好きで、だからこそ先生の今の発言はショックでした〉

画面の向こうから『あ、あ、』と震えた小さな声が聞こえた。チトセのものだった。

このままだと回線を切られてしまいそうだ。

なので周助は、当初予定していた通り、変わり身をすることにした。

「あのさ」

画面に向かって真面目な口調で、周助は言った。

「さっきからアンチコメント書いてる人たち。きみらに言うね。今から俺が言うことを、頼むからよく聞いてほしいんだ」

一語一語にしっかりと体重を乗せた声で、周助は咳払いをした。

「確かに今、間違った表現があった。ホモというのは、ラテン語で〝単一〟を示す言葉だ。自分と同じ性別の人を愛することを指すという意味では、言葉としてはもともとなんの罪もない。でもみんなも知ってる通り、差別用語というのは、その言葉がどういった使われ方をしてきたかで変わるんだ。悪意を込めて、ホモ、ホモ、と呼ばれて傷ついてきた人たちがたくさんいるから、もとは〝単一〟というフラットな言葉だったはずの〝ホモ〟は今では差別用語になっていて、代わりにゲイって表現が推奨されてる。〝ノーマル〟と〝ヘテロ〟に関しても、同様だね。そこで、ちょっと脱線した話をするんだけど、俺は昔、道端で子猫を拾ったことがある」

周助は自分の声が紡ぐ静かな波形を見つめながら話し続けた。

「ドラマでよくあるみたいに箱に入ってたんじゃなく、家の前のアスファルトの上に落ちてたんだ。まだ目も開いてなくて、一匹で震えながらミーミー鳴いてた。たぶん、なにかの理由で母猫とはぐれたんだろう。本当に生まれたてって感じで、しかも真冬で、車道だったから、ほっとけばそのまますぐ凍えるか車に轢《ひ》かれるかして、死んでしまいそうだった。でも俺はその猫を、せめて道路の端っこに移動させるとかもせずに、放置して、家の中に入った。もし母猫が戻ってきた時に、少しでも人間の匂いや気配がその子に残ってたら、母猫が近づけないんじゃないだろうかと思ったから」

言葉を切って、周助はマイクの位置を指先で調整した。

「でも、いつまで経っても母猫は戻ってこなかった。家の外からずっとミーミー鳴く声が聴こえてたんだけど、声がだんだん小さくなっていって、そこで俺は、もうタイムアップだと思ってその猫を保護した。俺が猫を飼ってることは、みんなも知ってるよね。それがその時の猫。どうして俺がその猫を拾ったと思う?」

周助は顎を上げて皆に問いかけた。

「人気取りのためだよ。俺はその時すでにゲーム配信をしてたから、猫飼いって属性が自分に追加されたら、さらに人気が増えると思ったんだ。しかも、ペットショップで買った血統書付きの猫じゃなくて、野良の雑種ってところが、好感度的に、またいいよね。今の話を聞いて、俺のことを嫌いになった人もいるだろう。でもね、つまりなにが言いたいかというと、それでも俺は、猫を一匹拾ったってことなんだ」

ぽつぽつとコメント欄が動く。こちらの発言とコメントには若干のタイムラグがあるものだから、〈なんの話？〉という戸惑いの声が多く見られたあとに、〈ああ、そういうことか……〉とAKILAの意図を早くも汲《く》み取ったコメントが投稿され始めた。

「東海林先生は表現を間違えた。それ以外にも正直、俺も聴いてて『ん？』と思う箇所が、いくつもあった。でもね、マティスの絵を見上げながら手を繋いでるふたりを見て、世界が早く、全部こうなればいいのにって思う先生の気持ちは、果たして間違ってるだろうか。たとえ人気取りのためで、それゆえに知識が浅いところがあったとしても、『差別に反対します』っていう先生の、ひとりの意思表明があることによって、息がしやすくなった人が、この世界にはいるんじゃないだろうかと俺は思うよ。まあこうやって、『やらない善よりやる偽善』とひとこと言えばいい話を無駄に長々としたわけだけど、改めてみんな、今から俺が言うことを、お願いだから聞いてくれ」

そして周助は、よりはっきりとした声で言った。

「指摘するのはいい。常にアップデートしていくのが誰においても健全な状態だから。

でも、きみらもAKILAリスナーなら、頼むから口の利き方には気をつけてくれ。ひどい言葉で傷つけなくても、伝わるやり方があるんだっていう、他人と自分への信頼をもう少し持つようにしてみてくれ。特になんだ、さっきの〈これだから女さんは〉ってコメントした人。お前、最悪だよ。俺は怒ってるよ。そんなやり方で、自分自身を貶めるな」

コメント欄が動きを早めた。

〈AKILAかっこいい〉

〈さすAKI〉

〈東海林先生息してる?〉

スマホが震えてハイワの担当者からからメッセージが来た。〈荒れてるのでコメント欄を封鎖しようと思ったのですが、流れ変わったので現状保《たも》ちます〉。スマホから顔を上げてパソコン画面に視線を戻した時、新たに投稿されたコメントが目に留まった。

〈男によしよしされながら好きなことやってる人生イージーモードの女さんを叩いてなにが悪い?〉

そのコメントを見て、周助のまぶたが痙攣《けいれん》した。

「おい」

〈漫画家としてもっと上に行きたいって言ってるけど、どうせこいつ、そのうち今の男と結婚して、子供産んで、そんで次はしょうもない育児漫画描くのがオチなんだよ〉

同ＩＤからのコメントが続く。

〈フィクションとは違ってエッセイっていう事実に基づいてることが前提である作品形態で、どうあがいても同意年齢には達してない我が子を登場させた育児漫画を描くって罪を犯すんだよどうせ〉

〈もしくは、男とか結婚とか育児に夢中になって、昔の自分が掲げた『漫画家として立派になりたい』ってご大層な夢からは離脱していく〉

〈両立できるようなタマじゃないだろうしな。フィクションで売れる前に理解ある彼くん漫画を描いちゃうような頭よわよわなんだから〉

〈いつでも夢から降りられるルートに突入してるんだ、こいつは〉

同ＩＤによる連投を見ながら、周助はいつしか耳鳴りを感じていた。言いようもなく胸がざわつき、画面を注視したまま右手を伸ばして無水カフェイン錠の瓶を取ろうとすると、指先が当たって瓶が落ち、中身が床に散らばった。

パ、とコメント欄が更新された。

床の錠剤を手探りでひとつ摘み上げたあと、周助はそれを飲み下さずに手に持ったまま、画面を前に全身の動きを止めた。

〈だから俺はこいつを叩く。どうせそうやって消えていく女さんだから〉

連投の続きの文章だった。

しかし、その投稿だけ、ＩＤが違った。

文頭の隣にある丸い枠の中には、男性アニメキャラのアイコンがあった。

チトセのファンを自称していた、漫画家志望の女子のアカウントだった。

コメント欄が静まりかえる。まるで自分の誤爆に気づいて黙り込んでいるような長い沈黙のあと、画面が更新され、男性アニメキャラのアイコンを掲げた漫画化志望のその女子が、ぽつりとひとことつぶやいた。

〈さびしい〉

周助の手から錠剤が落ちた。大きな波がせり上がってきて、周助は片手で口元を押さええてヘッドセットを外すと、椅子から立ち上がって床に吐いた。朝からなにも食べていなかったので、口から出てきたのはほぼ大量の水だけだった。

嘔吐《おうと》の涙を目頭に溜めながら、周助は血走った目で床から画面を見上げた。配信枠の終了時間まであと八分。畳まなくてはならない。周助は震える手でヘッドセットを装着し、もどした名残で頬を伝う涙を放置した顔で、胸いっぱいに息を吸い込み、目と口を血管が切れそうなほど大きく、笑みの形にした。

周助が言葉を発しようと息を吐き出した時だった。

画面のイコライザーに久しく、さざなみのような波形が生まれた。

『皆さん』

チトセだった。

『せっかく聴きに来てくれたのに、私の考えが足らないせいでこんなことにしてしまって、本当に申し訳ありません』

震える声でチトセが話す。小さな声が奇妙に掠《かす》れていて、もしかするとチトセのほうも吐いていたのかもしれないと思った。

『皆さんにも、AKILAさんにも、申し訳ありません。AKILAさん、かばってくれてありがとうございました。だけど、私に対する皆さんの意見には、返す言葉もありません。私は無知で、浅はかで――』

言葉を詰まらせたあと、チトセは言った。

『――本当に、申し訳ありません』

言葉と同時に頭を下げたことがわかる、音声の遠近感だった。いまや、はっきりそれとわかる形で、チトセは震えて泣いていた。

周助がなにか言おうとした時、またもや、

『私』

と、チトセの声が被さった。

『今回のことでも、これまでの振る舞いでも、きっと無意識に多くの人を不愉快にさせてきました。さっき、AKILAさんが猫の話をしたのを聞いてました。AKILAさんは私をフォローするために悪ぶって自分を下げるような発言をしてたけど、私なんかとAKILAさんじゃ、全然違います。みなさんが許可してくれるなら、私はここで、今から、私自身の話をさせてもらいたいと思います』

伺いを立てるチトセの発言に、コメントがついた。〈また自分語り？〉〈許可する〉〈許可〉〈聞くよ。頑張って〉〈神回だな今回〉

ありがとうございます、とチトセがまた頭を下げた。

『私は過去に、人を傷つけました』

チトセが言った。

『その人は、私の一番最初のファンでした。彼、とも、彼女、とも呼びません。自分では、自分を男だと思うと言っていたけれど、〝私〟や〝自分〟という性別を問わない一人称で話すのが一番自然な気持ちになると言っていたから、分類すべきではない心の形を持った人だったのかもしれません。そしてその人は、ひとりのとある男性を好いていました。なにが言いたいかというと、少なくとも当時のその人にとって、この私は性や恋愛の対象ではなかったということです。ある時は男性が好きで、またある時は女性が好きというふうに移り変わる場合もあるんだろうけれど、その人が私をそういう目では見ていないことは、感覚でわかりました。その人は私を通して、いつも、その人の好きな相手である例の男性を見ているような感じがありました。まるで、私という他人の口から出るその男性の話からしか得られない栄養素を欲しがってるみたいに。私は言葉が下手だから、ネットで使いまわされたこんな表現しかできません。すみません』

また頭を下げて、チトセが続けた。

『私たちは、ネット上の知り合いでした。だけど私は、その人のことを親友だと思っていました。そして私たちはある時、オフ会で、初めて直接顔を合わせることになったんです。私は嬉しかった。その人も、オフ会の間はとても楽しそうでした。でも、その日を最後に、その人は私と連絡を断ちました。たぶん、初めて直接話をして、話題の弾みで少し体が接近した時に、私が思わず、体を引いてしまったから』

チトセの声が再び震えた。

『私は、なんてことをしてしまったのだろうと――』

イコライザーが激しく波打ち、それから一本の線になったあと、再び動き始めた。

『その人のいない世界は、さびしかった』

チトセが静かな声で言った。

『オフ会で、夢を約束したんです。でも、その日からずっと、考えてるんです。自分があの時どうすればあの人を失わずにいられたのか、その答えを探して、いろんな本を読んだり、差別反対の活動をしました。だけど、私は浅はかだから、今日もまたこうして、たくさんの人を嫌な気持ちにさせてしまった。オフ会でその人と約束した夢が叶ったのは、実は今日のことなんです。どこかで見てくれてたらいいなと思って、あの時の自分とは違うことを見せつけたくて、不勉強なくせに意識の高さをひけらかして、失敗してしまいました。私は無知です。でも、ずっと考えてるんです』

チトセの声とマイクの間がなにかで遮られる音があった。チトセが顔を両手で覆ったのだとわかった。

『あの日からずっと、考えてるの』

それから物音はなく、機械だけが拾える微細音をイコライザーがわずかに刻み続けていた。

〈なにこれ〉

〈隙あらば自語りネキ〉

〈懺悔《ざんげ》もう終わった?〉

〈配信終了まで残り一分切った。延長求む〉

〈AKILAいる?〉

変わらず物音はない。ノイズキャンセリング機能付きのヘッドセット越しには人間の耳で聞き取ることのできないその小さな波形が、同情を誘うように鼻を啜《すす》る音が絶対にマイクへ入らないようチトセがティッシュかなにかで顔を押さえているのだと気づいた時、

〈AKILA、〆の言葉お願いします！〉

周助は、自分の頭からヘッドセットをむしり取っていた。

「俺だよ」

ボイスチェンジャー機能を介さない素の声で、周助はパソコン本体のマイクに向かって言った。

『え？』

チトセがワンテンポ遅れてから、戸惑いの声で言った。次いで、コメント欄にも〈誰？〉と周助の肉声に困惑するリスナーたちのコメントが上がった。

「ミッチョです」

『え？』

「だから」

周助はヘッドセットのマイク部分を口元に寄せ、

「ミッチョです」

と、再びボイチェン機能を通してAKILAの声で言ったあと、またヘッドセットを離して肉声に戻った。

「これでわかった？」

『え？』

「聴け、リスナーども」

AKILAとはまったく違う陰気な声で周助が言うと、〈どゆこと？〉〈誰このチー牛〉〈は？？？　は？？？〉とコメント欄がかつてないほど激しいスピードで繰り上がった。一番下にあったコメントが一気に一番上までせり上がり、図らずとも〝幕が上がる〟といった様相を呈したので、思わず周助は笑っていた。

「皆さんどうも、AKILAです。えーとね、東海林先生もみんなも訳がわからなくて混乱してると思うけど、今北産業で説明します」

〈え、なに〉

〈アキラどこ〉

「まずね、東海林先生は知らないっていうか気づいてないいんだけど、東海林先生が思い出話で語った〝その人〟っていうのが、実は俺なのね。俺、当時からAKILAのファンだった東海林先生に、自分が顔出ししてないのをいいことに、AKILAのことが好きなセクシャルマイノリティのファンのふりして近づいたの。実は他でもない俺本人がAKILAなのにさ。なんでそんなことしたかっていうと、ファン同士の萌《も》え語りを聞くことでしか得られない栄養素ってあるじゃん？　自分に対する賞賛を直接、この耳で聞いてみたかったんだよね。だけど俺がAKILA本人ってバレたらさ、そこには媚《こ》びとか忖度《そんたく》が生まれちゃうから、そういうのって、俺が飲みたい酒に混じる不純物なわけ。俺、純度が高い酒でしか酔えねえんだよ。安居酒屋の混ぜ物だらけのポン酒で気持ちよくなれる貧乏人のお前らとは違うからさ」

〈え、きもいきもいきもいきもい〉

〈ちょっと待って。AKILAを返して〉

　残り三十秒。

「ピーチクパーチクうるせえな。俺のイケボでマンズリこいてたくせによ。まーそんな感じでファンを装って近づいた結果、東海林先生はまったく気づいてなかったよね。萌え語り、大変美味しかったです。ごちそうさまでした。でも気づかないのも無理はないよね。声が違うんだもん。ちなみに俺が使ってるのは海遊堂《かいゆうどう》社の『イケボ3』ってボイチェン機能です。そんで、わかってると思うけど、セクシャルマイノリティってていうのも、めっちゃ嘘な。本当はセクシー女優の松岡《まつおか》ちなさんのことが大好きな二十二歳の男性です！」

〈きもいきもいきもいきもい〉

〈神回決定〉

〈誰か魚拓とった?〉

〈LGBTQを装うとかさすがにタチ悪すぎだろ〉

〈笑ってる人たち、事の重大さに気づいてんのかな。これ相当悪質なこと自分で暴露してるよ〉

残り十五秒。

「みんな、今までありがとうな。馬鹿にするようなこと言ったけど、俺はお前らのことが大好きだよ。ずっと応援してくれてた人たちを踏みつけるようなことしてごめん。セクシャルマイノリティの当事者として毎日を生きてる人たちにも、本当にごめん。ついでにハイドロワークスの方たちにも、ごめん、と言いたいところだけど、すまん。ハイドロワークスには謝らん。こんなクソみたいな会社潰れちまえ。ヘッドでもなんでもない社員にまで全員まんべんなく横文字の役職つけて会社ごっこしてる気色の悪い糞ベンチャーがよ」

残り五秒。

『待って』

利那にチトセが言った。

「待たない」

言って、周助は残り秒数が〝1〟になった瞬間に言った。

「じゃあな」

配信終了のポップアップが表示されるのも待たずに、周助は椅子から立ち上がって、部屋をあとにした。


廊下に出ると、ちょうどこっちに向かっていたハイドロワークスの社員から「おい」と声をかけられたが、無視してエレベーターに乗り込んで1Fのボタンを押した。

下降していく。操作板を見上げてこのエレベーターがHITACHI製であることに初めて気づいて眺めていると、地階へと自分を引き下ろすワイヤーの動きが、思っていたよりも早いタイミングで止まった。

七階だった。扉が開き、後ろの人間が引き止めるのも聞かずに「ちょっと外の空気を吸ってきます」とひとりの小柄な女性が乗ってきた。チトセだった。

操作ボタンの前に立っている周助の後ろで、チトセが腕を組んで宙を見つめ、落ち着きなく爪を噛んでいる姿が操作板の磨き上げられたスチール部分に映っていた。久々に目にしたチトセは髪が少し伸びていて、噛んでいる爪の表面にきらりと一粒、ネイルアートで施された小さな石が見え隠れした。気づかないのも無理はない。自分たちが直接会ったのはずいぶん昔のたった一度きりだし、こっちが八階から配信していたことを彼女は知らないのだから。

三階。

二階。

チトセが片手で顔を覆った。肩が大きく上下して震えている。狭い箱の中でかすかな息の音が続き、一階にたどり着いて扉が開くと、長身の男性がひとり、立っていた。彼がチトセの名を呼んだ。

チトセがエレベーターから飛び出して、彼女の靴が箱と地上との境目を越える瞬間、周助は〝開〟のボタンを押した。

長身の彼がチトセを抱き止め、大丈夫だ、と頭を何度も撫でた。一緒に東京へ来ていたのだなと思った。チトセの配信中、近くの喫茶店かどこかで配信を聞きながら待っていたのだろう。周助は〝開〟のボタンから指を離して、エレベーターを出た。後ろでは男性が、大丈夫、大丈夫だと言いながらチトセの背中を優しく叩く音が続いていて、自分たちの代わりにエレベーターへ乗り込んだ別のふたり連れが「なんかこのエレベーター、ゲロ臭くね」「そういうこと言うなよ」と言葉を交わしながら、閉まった扉とともに上階へ昇っていった。

ビルを出ると、周助はさっきからひっきりなしに震えているスマホを胸ポケットから取り出した。各種の通知やラインに交じって、姉からのメッセージがあった。〈家で焼肉なう。お母さん、ペロっと完食しました。もうすっかり快復したみたい〉。しばらく画面を眺めたあと、周助は返信を送った。

〈ミッチョは元気？〉

即、返信がきた。

〈うん。さっき毛玉吐いたよ〉

周助は笑った。顎先にさっき自分の体から出たゲロだかなんだかの跡がついているのに気づいて、袖で拭った。Xからの通知を見るに、ネット上ではすでに今回の件に関するちょっとした祭りが起き始めていて、多くの意見が、チトセへの応援に傾いているようだった。

ビルが並ぶ通りには緑の植え込みが続いていて、夜だから誰かが水をやったわけでもないだろうに、濡れたように輝いていた。

夜の月の光を受けて、きらきらと光っていた。


（了）

ヲチ

〈嘘松ありさちゃんの新作きました！〉

文の末尾には笑いを示すｗ《ダブリュー》の文字とともに、ＳＮＳへのＵＲＬリンクが貼られている。

その書き込みを目にした瞬間、本田斗真《ほんだとうま》の胸が膨らんだ。迷いなくリンクをタップしようとした時、スマホが短く震えて、画面上に通知のポップアップが表示された。

〈今、駅から向かってる。もうすぐ着くよ〉

佳奈《かな》からのLINEメッセージだった。斗真はカウンターテーブルの上に置かれた水を飲み、返事を打った。店内の音や匂いが途端に戻ってきたような感覚があった。先ほどまで見ていた掲示板のページを開いて、プライベートブラウザのタブごと消去する。ややあってから店の入り口が開く気配がし、斗真は椅子に腰掛けたまま振り向くと、現れた佳奈に向かって、笑顔で軽く右手を掲げた。

「斗真くんって、趣味とかあるの？」

佳奈からそう問われて、斗真は鴨肉のローストが載ったサラダを取り分けながら、ワイングラスの横にある自分のスマートフォンを思わず意識した。その端末で自分がついさっきまでアクセスしていた掲示板のことを思った。趣味と言われて反射的に連想するほど、その行為が習慣になっていることに気付いたのは初めてだった。

「何、その改まった質問」

そう言って斗真は笑い、「そうだな」と箸を置いて、料理とのペアリングで出されたごく少量の白ワイン入りのグラスの脚に手を添えた。

「やっぱり、ネトフリで映画見ることぐらいかな」

「ホラー以外のでしょ」

「うん。佳奈ちゃんみたいに好き好んで怖い映画見る人の気持ちがわからない」

「筋トレは？」

佳奈の言葉に、斗真は仕事帰りのワイシャツの上から自分の胸に手を置いた。

「これは趣味とかじゃない。現状維持のためにやってるだけ。パーソナル行ってる間はただただ苦痛。俺、運動キライなんだよ」

「前もそう言ってたけど、それってトレーニングが嫌いなだけで、ゲーム性のあるスポーツだったら好きだったりはしないの？」

「しないね。運動全般が好きじゃない。陰キャなんだ」

「よく言うよ」

佳奈がひがみっぽく鼻で笑い、グラスをあおった。とてもそうは見えないと言われた形になり、斗真の心に安堵と、ひそかな薄暗い影が広がった。そのまま佳奈の趣味のほうに話題を向けようと思ったが、こちらがあまりに何事にも関心のない人間だと思われるのも良くない気がした。斗真は考えた。手元にある料理の皿が目に留まった。小洒落た店にふさわしいスタイリッシュな陶器の長皿が、間接照明の暖かな色で照らされている。

「しいて言うなら、最近ちょっと、器《うつわ》に興味あるかも」

佳奈が「器？」とこちらに顔を向けた。

「うん。俺さ、料理出来るってほどではないけど、たまに気が向いた時だけ自炊するんだよね。でも、俺ん家《ち》ってシンプルな白い皿しかないから、こういう洒落た皿があったらもっと料理のモチベ上がるのにな、って思って、最近は買い物の時とかに、食器の店を覗いてみたりしてる」

「へえ」

佳奈の声が華やいだ。

「確かに、お皿がお洒落だと料理って一気に見違えるよね。私も最近、お皿が欲しいと思ってるんだ」

そこから食器を扱っている店の話になった。佳奈が、K倉には器の店がたくさんあるらしい、と言った。K倉とは、東京から電車で小一時間ほどの場所にある観光地の名だ。

そのあとの佳奈の言葉に、斗真は酒と食べ物で温まっているはずの胃が、寒気でさっと縮こまるのを感じた。

「斗真くん。よかったら今度、一緒にK倉に行ってみようよ」

カウンター席から見える厨房で、黒のコックコートを着たスタッフたちが寡黙に手作業を続けている。

「いいね」

不自然な間が空かないよう乗り気な声で賛同した。佳奈が明るいボブヘアの左側を耳にかけ直し、

「次の土曜とかどう？　ちょうどお姉ちゃんが実家に帰ってきてるし、夜はそっちに行く予定なんだ。K倉だったら実家から近いしさ」

と、オレンジソースのかかった鴨肉を口に運んだ。暗に泊まりではないことを示されたわけだが、そこに感想を抱ける心地ではなかった。斗真は不安を胸に仕舞い込んで次の土曜のK倉行きを約束し、その日はあれをしよう、これをしよう、と計画話に花を咲かせた。

佳奈が言う。

「K倉だったら私、陶芸体験教室にも参加してみたいな」

「何それ、めっちゃ楽しそうじゃん。行こうよ。てか今調べたら酒蔵もたくさんあるんだって。佳奈ちゃん日本酒好きだろ。この酒蔵の利き酒体験コーナーとかどう」

佳奈が「あーそれは絶対行きたい」と返し、

「遠出で遊ぶ、みたいなの初めてだね。ちょっと緊張する」

と微笑した。

緊張。その気持ちを佳奈とはまた違う次元で感じているのが今の自分だった。しかし、佳奈と会うのは今日で三度目になる。これまでは食事だけのデートを重ねてきたが、関係を進展させるにはどこかのタイミングで半日デートのようなことをすべきなのだろう。避けては通れない道、と頭に浮かんで、グラスの脚を持つ斗真の指先が冷えた。

「ちなみにK倉動物園にはチベスナがいるよ。斗真くん動物好きでしょ」

佳奈が言い、斗真は自分がマッチングアプリに記載したプロフィールを思った。動物好きなのは嘘ではないが、

「それ知らない。なんかの略?」

と正直に訊いた。

「チベスナ知らないの?」

「うん。あんまりマニアックな動物はわからない」

「チベスナはメジャーだよ」

と佳奈が言い、それがチベットスナギツネというユーモラスな表情をした動物である

ことを教えてくれたが、もはや斗真は上の空だった。

佳奈と別れて自宅マンションに帰宅し、斗真はすぐさま部屋着に着替えた。飲食店の匂いが付いたワイシャツとスラックスを宅配クリーニング用の大型バッグに入れ、ダイニングテーブル上にあるノートパソコンを立ち上げる。スカイプを起動して連絡先をクリックすると、通話はすぐに繋がった。画面に表示されているハートの形をしたロゴマークに向かって、斗真は簡単な挨拶を済ませてから、早々に心情の吐露を開始した。

「例の女性と、K倉デートをすることになったんです」

画面上では〝こころコンシェルジュ〟と書かれたログマークが光っていて、平日のこの時間帯に常駐しているいつもの女性カウンセラーが、カメラオフ参加のまま斗真の報告に相槌をうった。

『よかったですね！　順調に交際されているようで何よりです』

「いえ」

思わず斗真の声が震えた。

「半日デートですよ。前にもお話しした通り、僕は本当に、そういうことが不得意なんです」

『以前うかがった、例のお悩みですね』

「はい」

うなだれるとともに心の痛みが走り、数々の記憶が去来した。

佳奈は女性だ。しかしこの場合、相手が異性であることや、数ヶ月前にマッチングアプリで出会って以来、ゆくゆくは恋人になりたいと願っている相手であることはもはや関係がなかった。

前にもお話ししましたが、とふたたび前置きしてから、斗真は言った。初めてカウンセラーと話した時と同じく、他人に向けて声に出すと、むなしさが広がった。

「僕は、人と遊ぶことができません」


人と遊ぶことができない。

そう話すと大抵の相手が、意味不明だという顔をする。人とコミュニケーションを取るのが苦手であるという話ならまだ、内気、といったくくりで理解される。しかし、斗真の悩みはいつも、遊ぶ、というところにあった。

いつからだろうか。

本格的に幼児と呼べる年齢の頃には、その壁は生じていなかった気がする。近い年齢の幼児たちと並べて放置しておくと勝手に、おもちゃ遊びなり、ごっこ遊びなりをして、戯れている子供だったと聞く。だから、先天的な自閉の傾向があるというわけではは、おそらくないのだろう。

しかし思えば小学校の頃くらいから、例えば友達に「一緒に遊ぼう」と公園に連れて行かれた時などに、何をすれば良いのかがわからなくなって、ぼうっとしてしまうことがよくあった。一緒にいたいということは、その子は何か、自分と意味のある話をしたいということなのだろうかと思い、相手が本題を口にしはじめるのを待ってみたりもした。しかし毎回、どうもそうではないらしいとすぐにわかり、すると斗真は途端に、自分の手足がぎくしゃくとしはじめるのを感じた。斗真がぎこちなくなるにつれ、初めは楽しそうにしていた相手の子も、だんだんとつまらなさそうな顔に変わっていくのがわかった。それがとても、辛かった。

理由はわからない。ただひとつ当時の自分に把握できたのは、他の皆はたぶん、こんな悩みを持っていないということだった。

他人と過ごすよりも、一人でいるのが好きな人間が存在するのは知っていた。学校にも、周りから嫌われているわけでもないのにいつも一人で本を読んでいる子がいたし、大人の中にも、一人のほうが気楽で楽しいという考えの人がいるのも知っていた。他人のことが怖くて、人と関われない人がいるのも知っていた。しかし斗真を戸惑わせるのは、自分がそのどれとも違う、ということだった。

「人と話すことに難はないんですよね、昔から」

〝こころコンシェルジュ〟のカウンセラーを相手に、斗真は言った。

「気の合う相手と話してると、普通に楽しいですし。いわゆる口下手、みたいな評価を他人からされたこともありません」

『そうでしょうね。私も話していて、そう感じます。現にお勤め先の会社でも、問題なく人と関われているようですし』

「ええ」

職場での会話や、飲み会の席でのコミュニケーションに困ったことは、あまりない。

「大人の今だから思うんですが、会話はできるタイプのコミュ障なのかな、と。話すことって、僕にとっては比較的、単純なんです。でも、一緒に遊ぶ、って、それよりも複合的じゃないですか。自分だけが楽しんで相手を置いてきぼりにしちゃいけない、でも、自分が楽しんでないと相手にもそれが伝わって、気づまりにさせてしまう。そんなに難しいことなのに、遊び、っていう呼び方の通り、多くの人がそれを楽しんでいるように見えるから、できない自分に劣等感を抱く。何が原因で結果なのかはわからないけれど、負のループに入ってしまって――」

半生を思い返す。

中学の時に、棚橋《たなはし》という同級生がいた。漫画とゲームとTHEE MICHELLE GUN

ELEPHANTを愛する、人懐っこい性格をした、美容室の息子だった。移動教室で同じ班になったのをきっかけに、彼と斗真はよく話すようになった。ゲームの攻略法や、いかにして少ない小遣いの範囲で髪型や服装を垢抜けさせるかという話題。彼と話すと、楽しかった。

今日の放課後、ゲーセンへ行こう。

彼から始めてそう誘われたのが、中一の、一学期末の土曜だった。

それまで、彼と学校の外で会ったことはなかった。当時の斗真は、すでに友達と遊ぶという行為へ苦手意識を感じ始めている頃だった。学校では楽しく話せている棚橋と外へ遊びに行って、今度もまた小学生の頃と同じに、何をどうすればいいのかがわからなくなり、棚橋を退屈させてしまったらどうしようという不安があった。

おかしな悩みであるのは知っていた。だから、その悩みに自分が納得のいく理由をつけて辻褄を合わせるために、当時の斗真は、たぶん自分は人と比べて少しばかり真面目なのだろうな、と考えるようになっていた。その自画像へ自分を寄せて安心を得るのを目的に、その頃は放課後になるといつも、せっせと塾へ通っていた。

けれど、棚橋からその誘いを受けた時、これは不安を乗り越えてでも行かなくてはならないと思った。棚橋という友人を失いたくなかったし、友人と遊ぶという普通のことが、棚橋とならできるかもしれないと感じて、斗真は首を縦に振った。

しかし結局、その日も結果は振るわなかった。

二人で駅前のゲームセンターへ行き、最初はごく自然に、対戦格闘ゲームの台に並んで座った。棚橋は豹の頭をした獣人のキャラクターを選択し、自分は主人公格の男性キャラクターを選んだのを覚えている。

隣に並んで、棚橋のキャラクターに攻撃を打ち込みながら、斗真は考えていた。

棚橋は今、楽しめているのだろうか。

このゲームが終わった後は、どうしようか。

そう思うとだんだん、斗真は棚橋の言葉にただ相槌を打ったり、対戦画面を前に嬌声を上げる棚橋に愛想笑いを返すということしかできなくなっていった。最初はいつも通りに明るかった棚橋のほうも、次第に、斗真が学校で話している時とは少し様子が違うと気づき始めたようで、気遣わしげな表情を顔に浮かべるようになっていった。

格ゲーは棚橋の勝利で終わり、それから二人で、次のゲームを探してゲームセンター内をぶらぶらと歩いた。レーシングゲームの筐体を見つけて、棚橋が、あれやろうぜ、と指差し、斗真は笑顔で、うんと答えた。すると、棚橋が言った。

お前今日、なんか変だぜ。どうしたの。

言われた途端、ついに指摘されてしまったという気持ちと、助け舟を出されてほっとするような感情の両方を抱いた。いっそここで「実はおれ、友達と遊ぶの緊張するんだ」と打ち明けて、棚橋に理解してもらいたいような気持ちになった。けれど、そんなことを言えば変な奴だと思われるかもしれない。斗真は笑って、別に何もないと言い、棚橋の次の言葉を恐れるようにして、レーシングゲームの座席へ乗り込んだ。

　そこからは次第に二人とも、時おり短い言葉を交わしながら目の前のゲームに興じるだけの時間が過ぎていった。

　これならお互い、一人で遊んでいるのと変わらないではないかと思える、気まずい時間だった。

　あらかたのゲームをやり終えて、ゲームセンターを出た。時計を見ると夕方の五時頃で、中学生とはいえ、解散するにはまだ少し早い時刻だった。斗真は棚橋の表情をうかがった。棚橋は斗真の半歩後ろで、感情の読めない顔でちらちらと携帯を見ていた。このままでは駄目だと焦りがつのり、斗真は彼に、よければこの後、駅ビルに服でも見に行くかと訊いた。すると棚橋は、すまん、と顔の前に謝罪の片手を挙げた。

　今、久々に会う親戚のおばちゃんが家に来てるみたいなんだ。みんなで外食に行く流れになってるから、今日はおれ、ここで帰るわ。

　そうか、と返して、彼と別れた。

　翌週の月曜、学校に行くと、棚橋はいつも通りに挨拶をしてくれた。普段通りに喋り、いつもと同じく棚橋を含める数人で、教室で駄弁りながら弁当を食べた。

自分たちと話している棚橋の後ろを、彼と仲のいい別の男子生徒が通りかかった。そのまま彼と棚橋は、先週放送されていたとあるバラエティ番組の感想を交わし始めた。相手の男子が、自分はその番組を、周りからネタバレを喰らいたくなかったからリアルタイムで視聴したのだと言った。棚橋が笑って、俺も、と言った。おそらく何も気付いていない棚橋の近くで、斗真はその番組が、先週末、自分たちが別れた直後に放送されていたものであることを思っていた。親戚と食事に行くという彼の嘘について考えながら、斗真は隣にいる別の男子生徒と、今週の週刊少年サンデーに連載されている漫画の展開予想の会話を繰り広げ続けた。

その後、棚橋と学校の外で遊ぶことは一度もなかった。斗真から誘いをかけなかったのもあるが、棚橋から誘われることもなかった。

中学を出て高校に上がり、大学生になっても、棚橋の時と同様のことは起こり続けた。

大学のクラスで話が合った同級の男は、斗真と二人で浜名湖までドライブに行って以来、なんとなく遊ばなくなったし、在学中に赴いた自動車の免許合宿で仲良くなった宮城県の同い年の男は、「合宿が終わっても絶対に遊ぼう」と約束し、実際にその後、約束通りに彼が東京へ遊びに来た際に観光名所を散策したが、はとバスに乗った最後のほうはどこか気まずそうにしていて、それ以来、同様に疎遠となった。

縁遠くなった友人たちの知り合いに、斗真は何度か訊いてみたことがある。

——俺、最近あいつと話してないんだよね。

——なんか俺に対して、怒ってるとかいう話、聞いてる？

原因はもしかしたら、自分が無意識のうちに、相手に何か失礼なことをしてしまっているのではないか、と考えての質問だった。

だが毎回、返ってくるのは相手の、

——え、全然そんな話聞いたことないよ。

——お前、いい奴だし。

という、ぽかんとした表情つきの言葉だった。

一度だけ、

——しいて言うなら、なんかあんまり盛り上がらなかったって言ってたかな。

といった情報を得たことがあった。

誰に言われるまでもなく、斗真は自然と理解した。

自分は単純に、つまらない奴なのだ。

斗真はその後、社会人になっても、プライベート以外では問題なく他人とコミュニケーションを取り続けることができた。会社の飲み会や、社内の雑談など、相手が多人数であろうと一対一であろうと、斗真にとって言葉を交わすだけの場は、自分の何かを問われているような怖さを感じることのない、気楽なフィールドだった。

誘われた合コンへ行けばモテる日もあったし、アプリで出会った女性と何度か食事をし、交際へ至ることもあった。しかし、同性の時と同様に、彼女たちともまた、どこかへ出掛けて飲食以外の何かを一緒に楽しむというレクリエーションの場になるとたんに、ぎくしゃくとした。以前の彼女には「私といるのがそんなにつまらないの」と泣かれ、その次の彼女には「なんか、合わないね」と言われて、どちらも早々に終わりとなった。

斗真の体感では、異性間と同性間では生じる力学が少し異なるとは感じるが、自分のつまらなさが原因で去っていかれるという点では男女ともに共通している。今では、言葉を交わす同僚はいても、プライベートの友人と呼べる人間は一人もいない。

友人に関してはもう諦めているが、しかしながら恋人は欲しい。そうして今現在の自分が取り組んでいるのが、アプリで知り合った佳奈との関係構築である。

「その子には嫌われたくないんです」

〝こころコンシェルジュ〟のロゴマークの前で、斗真は顔を片手で覆った。

『大丈夫、自信を持って』とカウンセラーがいたわるような声を出す。手を額に移して斗真は言った。

「食事とかの場なら乗り切れるけれど、もっと高度なコミニケーションが必要な場になると、俺のつまらなさがめくれてしまうんです」

『高度な、とも言えるし、よりリラクシーな場、とも言えるかもしれませんね』

「リラクシー？」

　聞き返してから、斗真はふたたび呻いた。

「言い得てるかも」

『私が思うに、本田さんは相手のことばかり気にしすぎてるんじゃないでしょうか。もっと自分自身が楽しむことに注力してみたら、楽しんでることが伝わって、相手も楽しくなるんじゃないですかね』

「そう思って、もう逆に自分が楽しむことに全振りしてみたこともあるんですけど、棚橋の時の百倍、相手を白けさせるだけでしたよ」

『ああ、例の中学時代の……』

　とりとめのない言葉が続いていく。斗真が口ごもると、カウンセラーは急かさずに待つ。そうしていつもだいたい、三、四十分ぐらい話す。大手の検索エンジン会社が母体であるこの通話カウンセリングサービスは一分二三一円で、安くはない。しかし、夜中にどうしようもなく誰かに話を聞いて欲しくなった時に、重宝している。

　初めて利用したのは、前の彼女と別れたばかりの時だった。どうして自分はいつもこうなのかと落ち込み、普段は閲覧用にしか使っていなかった匿名のツイッターアカウントに、気持ちを綴って投稿した。人と遊ぶことがうまくできない、という悩みについての文章だった。閲覧用のアカウントである上に共感されにくい悩みだったのか、あまり、いいねは付かなかった。しかし、数少ないフォロワーの一人が気まぐれにリツイートしたことで、見ず知らずの他人から引用リツイートで一言、コメントがあった。

〈よくわからんけど、こいつセックス下手そう〉

なんとなく納得があり、そのあと、じわじわと頭にきた。主たる部分にではなく、「よくわからんけど」という前段に対しての憤りだった。素人は駄目だ、と思った。誰か人間心理に詳しい相手なら、この気持ちも理解してもらえるのではないだろうかと考え、さりとて例えば心療内科などで医者と膝を突き合わせて聞いてもらうほどの内容でもないと感じて、このカウンセリングサービスに辿り着いた。

『私から質問しても?』

斗真は顔を上げ、ロゴマークを見つめて「はあ」と返した。

『本田さん。今までの人生で、一番楽しかった一日っていつですか?』

ホームページの記載によると〝こころコンシェルジュ〟の待機カウンセラーたちは、必ずしも臨床心理士や認定カウンセラーの資格を持った者ばかりではないそうだ。経緯の説明を省くためにいつも指名しているこの女性カウンセラーがどうなのかは把握していない。

「一番楽しかった日ですか」

しかし、従うことにする。顎に拳を当て、素直に記憶を探ってみると、驚いたことに、

「ないですね」

何もなかった。我ながら驚きだった。いやそんなはずは、と考え直してみたところ、今度は家族でカナダ旅行に行った時のことや、大学受験の合格発表の掲示板に自分の番号があるのを発見した日のことなどが思い出された。しかし、それらは理屈で導かれた答えで、直感としては、やはり最初の「ない」というのが答えなのだと気が付いた。

『その女性とのデートは次の土曜でしたよね？』

「はい」

『じゃあ、その後日、よければまたここにかけてきてください。私がもう一度、さっきと同じ質問をします。今度は答えられるよう意識して、毎日を生きてみてください。別にその答えが相手女性とデートした当日のことでなくたっていいんです。楽しかったと言える日を人生に一日は作るんだって心がけるだけで、変わったりしますから』

「なるほど」

『意識しながら、リラックスしてみてくださいね』

難しいことを言う、と思いつつ、締めの挨拶を交わして通話を切った。ややあって自動メールの通知が届き、今さっきの会話が合計で八七七八円だったことを知る。意識しつつリラックスという概念がなんとなく半クラッチ的で、無駄にMT免許を取ったものの結局のところ教習所内でしか乗ることがなかったミッション車の仕様を想起しながら風呂に入った。

風呂から出た頃には思考がすっかり佳奈とのK倉デートへの不安に舞い戻ってきていて、吐きそうな気分で濡れた髪のままベッドへ横たわった。スマホを手に取り、LINEのトーク画面を開く。一番上には帰りの電車の中から交わした佳奈とのやり取りがあり、斗真は佳奈がアイコンにしている画像と、自分のアイコンを見比べた。

佳奈のアイコンは複雑なヘアセットが施された自分の髪型を後ろから撮った画像で、友達の結婚式へ参加する際にヘアサロンにて担当美容師に撮ってもらったものなのだという。対して斗真のアイコンは、実家の犬の画像だ。マッチングアプリのプロフィール画像のほうは、会社の飲み会で皆と撮った写真を自分の箇所だけトリミングしたものを使った。他人に撮ってもらった自分の写真が、それ以外にほぼ一枚もないからだ。

出会い系アプリのプロフィール画像において、自撮りは他者からの印象が良くないと聞く。ナルシシズムが感じられることや、一人でせっせと自分の姿を写真に収めている姿を想像するとあまり格好が良くないことなどが理由であるそうだが、もっと正しく言うなら、自撮りが悪いというよりも、他撮り写真が好印象なのだろう。中でも良いとされるのは、友人の存在を感じられる写真だ。自分が他者と良好な関係を構築できる人間であるといった宣材になるし、友達と撮ったといういきさつによって、自己愛も消臭される。なので斗真は会社の飲み会の写真を必死に切り取り加工して、ウーロンハイのグラスを手に笑っている自分の隣に同期の男のピースサインをさりげなく映り込ませる等の工夫をした画像を、プロフィール写真に設定していた。写真の中の自分は、トップを軽くへアワックスで立てた少し時代遅れの髪型をしている。三年前の写真だからだ。本当は今現在の、韓国風の流し前髪にアップデートした自分の写真が欲しいと思っている。しかし近頃は飲み会に行っても皆で改まって写真を撮る機会がなかなか巡って来ず、同僚に「俺の写真を撮ってくれ」とも言いにくいので、使える写真は三年前に撮った一枚だけのままだ。

佳奈と会うようになって以来、マッチングアプリは消した。誠実さでそうしたというよりは、本当は佳奈にもアプリを退会してほしいと思っていて、もっと関係が進んだ際に、そう頼める立場でありたいからだ。

なので、もはやマッチングアプリ上で印象の良い他撮り写真を必要としてはいないのだが、今の自分が唯一、有しているあの飲み会の写真を思うたび、斗真は惨めな気持ちになる。

ベッドの上で斗真は、気持ちが暗く深く沈んでいくのを感じた。佳奈の顔が頭に浮かぶ。しかしその顔が少しずつこちらから目を背けるような動きで横を向いていき、最終的に、あの日の棚橋と同じような気のない横顔になった時、斗真は思わず起き上がった。

そして、すがるようにスマホでいつもの掲示板を開いていた。


〈痛いネット民をヲチするスレ Part4〉


ブックマークからアクセスすると同時に、画面にスレッドの題が表示された。斗真が見ていない間に新たな書き込みが百レスほど付いていた。自分が最後に見たところから読み始める。

〈嘘松ありさちゃんの新作きました！〉

書き込みに貼られているURLリンクをタップすると、掲示板の外部であるSNSへ画面が切り替わり、黒いミディアムヘアの横顔をアイコンにした「arisa」という女性のつぶやきが表示された。前下がりの形にカットされた髪の先端が鋭角で、顔ははっきりとは映っていない。ややアオリ気味に下から撮った写真で、彼女の自撮りはいつもこの角度だ。

ありさちゃんのつぶやきには、彼女本人の文章とともに、一枚の画像が添えられていた。

〈ウーバーイーツのお兄さんから、こんな手紙を渡されてしまいました……〉

こんな、と称された当該画像をタップする。写っていたのは折りたたみの跡がついた罫線付きの一枚の紙で、緑色のペンを使って、文章が綴られていた。

〈突然のお手紙をすみません。以前から配達のたびに、すごく上品で綺麗な人だと思っていました。よければお友達になってくれませんか〉

末尾にはLINEのＩＤと思《おぼ》しき文字列があり、ありさちゃんの手によってスタンプ加工で隠されていた。

これは、と思った。リンク先を閉じて掲示板に戻ると、斗真の気持ちを代弁するかのような書き込みが並んでいた。

〈どう見ても女の字じゃねーかｗ〉

〈頑張って筆跡変えてるけど本人の字なのがバレバレで草〉

〈てか宅配便と違ってウーバーで同じ人が何度も同じ家に届けに来る確率ってあんまないよね〉

〈そもそもこれが事実だったらウーバー側の不祥事だろ〉

掲示板の住民たちの突っ込みによって、ありさちゃんの自作自演が瓦解していく。

スレッドを下へ下へと繰りながら、斗真は先ほどの画像で見た緑色のペン字を思った。男性の書く字と女性のそれに、明文化するとどのような違いがあるのかは、わからない。だが斗真も、あれは女の字だと思った。緑色のペン字で書かれたあの文字は、言葉にできない部分で、自分や他の同性が書く字とは感じが違うような気がした。

「ありさちゃん」はいつもこの手の嘘をつく。通っている美大に自分の非公式なファンクラブがあるだとか、合コンでは他の女子を差し置いて「上品で芯がある」という理由で自分が男子人気を独り占めしてしまったとか、外を歩いているときに雨が降り出すと、道ゆく男性が自分の使っている傘をこちらに差し出してくるので出先で傘を買ったことがない、だとか、近頃自分にアプローチしてくる綾野剛似の先輩に片想いをしている女子学生の一人に呼び出され、すわ修羅場かと思ったら「こうして間近で見たら、綺麗で、上品で、でも芯があって、敵わないなって納得しちゃいました。私も、ありさ先輩の恋人に立候補していいですか」とむしろ告白された、等々、つまりは架空のモテ自慢だ。

大抵のエピソードに「上品で芯がある」という言葉が登場するので、不特定多数の人間がそんな一辺倒に同じワードを使って褒めるかよ、というのを理由のひとつに、このスレの住民たちから嘘だと認定された。

斗真が日参しているこの『痛いネット民をヲチするスレ』の住民たちは、とかく、その手の恥ずかしい言動が大好物だ。

ヲチする掲示板。

ヲチとは、ウォッチングを短縮したスラングである。

斗真がこのスレに初めて出会ったのは、約一年前のことだ。スレで観察《ヲチ》の対象とされるのは「ありさちゃん」だけではなく、掲示板の住民らの目についたネット上の一般人たちである。笑える対象の言動をひたすらウォッチングして、本人の知らないところでその発言に突っ込みを入れたり、あざ笑ったりする。有名人のアンチスレと性質が近しいが、著名な人物の場合は専用のスレが立つので、この掲示板はいわば、よろずのヲチスレといったところだろう。

これまで、さまざまな人物がこのスレでヲチられてきた。

ある時は「自分が誰かに何かをビシッと言ってやり、周りにいた他人がそのさまを称賛する」といったエピソードを手を変え品を変え頻繁にエックスに投稿している三十代の男性会社員が対象だった。

彼の体験談の舞台はだいたいが居酒屋などの飲食店で、彼が何か、切れ味の鋭い言葉――例えばそれは多様性を重視する世の中への批判であったり、男女平等主義をうたいながらもその実は女性の権利ばかりに肩入れしている同僚女性の自家撞着っぷりを斬るものであったりした——を発し、その近くの席で飲んでいた化粧の濃い二人組のギャルが「お兄さん最高！」と肯定の言葉とともにグラスを掲げてくる、という手合いのものだった。

その話において、第三者である若い女性たちのテーブルの上に並んでいるものがいつも、ハツ刺しや、牛すじの煮込みといったいわゆる「気さく」な飲食物であることから、スレ民たちから「ハツ刺しおじさん」と呼ばれていた。

またある時は、先の「ありさちゃん」とやや系統の似た、二十代中頃の女性が観測対象となることがあった。

彼女は「皆が自分に注目している」という旨のことをつぶやき続ける点では「ありさちゃん」と似ていたが、時おり、

〈誰も彼もが私を好きになって困る、怖い〉

〈今日も街中で、見目麗しい男性たち四十人ほどが私を見てコソコソと噂話をしていた〉

〈集団ストーカーされている〉

〈怖い〉

とつぶやくため、スレ民たちの間で、

〈この人は、ちょっと笑ってはいけない感じの人なんじゃないか〉

というふうになり、以降は話題に取り上げられることなくヲチスレ上からは消えていった。おかしなことにヲチスレの住民たちは、そもそもが決して上品とは言えない趣旨の集まりであるにもかかわらず、心の病に達している人を笑ってはいけないという最低限の自治は行っていた。品性に基づいているというより、単純に、そうなるともはや笑えないからという生理的で手前勝手な都合によるものだろうが、一応の区別はされているのが現状だった。

斗真のスマホの画面で「ありさちゃん」への言及が続く。

〈誰かウーバー側に告発してみたら？　お宅の会社に女性客へこんな手紙を渡す配達員がいますよって〉

〈やめとけよ〉

〈やめとけw〉

〈んなことしてありさちゃん本人がヲチられに気づいたらどうすんだ〉

〈踊り子には手を触れない。それがここのルールです〉

観測対象は通称、踊り子と呼ばれる。おもちゃにされていることに気づいた踊り子が踊りをやめてしまってはつまらないので、ヲチ対象への干渉は基本的に禁止されている。

最新の書き込みに追いつきかけたところで、斗真は卓上にあるペットボトルから水を飲んだ。胃に水が落ちていく感触とともに、不安はなくなりはしないまでも気分が少しましになっていく。

かつてネットサーフィン中にたまたま初めてこのスレを見た時は、あまりの下品さに閉口した。ここの住民たちは他人の格好悪さを笑っているが、そんな自分を同じ目線で省みることはないのだろうか、と呆れる思いだった。

しかし、気づけば斗真はこのスレに耽溺していた。

過去に知人たちの口から否定され済みのこととはいえ、いまだに抱いている懸念がある。

自分はやはり、気付かないうちに他人へ無礼を働いてしまっているのではないだろうか？

何度、そんなことはない、と言われても、心配が止まらない。つまらない奴であるなら、その代わりに良い人間でありたいと思っている。そんな思いを持つ自分がこのようなスレを見ているのはそれこそ自家撞着であるように感じるが、この掲示板には、人の痛さや客観性の欠如が詰まっている。人の振り見て我がふり直せという言葉があるが、このスレを見ることで、客観視が鍛えられる気がして、いつも読み耽ってしまう。

〝こころコンシェルジュ〟のカウンセラーが聞いたら、そんなことをして安心感を得るのは、きっと不健全だと言うのかもしれない。

　水のペットボトルを片手に反対の手で画面を繰る。書き込みが最新に近づいていくにつれ、ありさちゃんの話題は下火になっていった。彼女がまた新たな材料を提供するまでは、しばらく取り上げられることはないのだろう。代わりに、別の人物が話題の中心となっていた。二十代の若い男性。スレ内での通称は「ドロポン」であるらしい。

〈ドロポンがまたイキってるw〉

　ありさちゃんの時と同じく、書き込みにはエックスのスクリーンショットが合わせて貼られていた。

　斗真は画像をタップした。それは「ハイドロポンプ高橋」というハンドルネームを使用している人物のポストで、アイコンには、SEIKOの腕時計をはめた、男性の手首部分だけの写真が使われていた。スクショ画像は、彼のつぶやきをいくつか抜粋してまとめたものだった。

〈腕時計はやっぱSEIKO。パテックとかウブロも持ってるけど要らんから後輩にあげようかなと考えてる〉

〈こないだ整体に行ったら「格闘技やってたでしょ」って一発で見抜かれた。さすが

人体のプロには嘘はつけんわな……普段は隠してるけど中学の時に某種目で国体二位まで行ったのは秘密ですｗ〉

〈確定申告で一千万くらい税金持ってかれた。泣〉

〈彼女がモデルって知られたら男にも女にも敵視されるから言わんようにしてる。見られたら一発でパンピーじゃないってわかる頭身してるので、知人に会わせるのも無理ｗ〉

〈うぜぇやつに絡まれたからネリチャギでボコしたらデニムの股のところ裂けて彼女に笑われたｗ　十年ぶりのハイキックだったけどまだまだ足上がんだねー〉

〈やべ、ネリチャギとか言ったら種目バレちゃう〉

〈ポケモンではフリーザーが好き。ぼくに憧れてる地元の後輩からしつこく話しかけられたから全部フリーザーの鳴き声の真似であしらったら、クレイジーだと思われて余計に信者化したお……〉

　ふむ、と斗真はペットボトルを座卓に置いた。これは痛いのだろうか。なんとなく鼻につくのはわかるし、発言の内容が虚言だったのなら、確かに滑稽《こっけい》でもある。

　だが、もしかするとこの世にはこの発言通りのことが実態の若い金持ちがいるのかもしれない。だとしても他人をテコンドーの技で痛めつけたなどの暴力は、経緯を知らないながらも良くないことに感じたが、スレ民たちの琴線に触れたのはどのポイントだったのだろうと思いながら、斗真は掲示板のページにブラウザバックした。

〈ｗｗｗｗ〉

さっそく「ドロポン」に対する反応が並んでいた。

〈絶対SEIKOしか持ってないだろ〉

〈こんなヒョロヒョロの腕で格闘技経験者なのはさすがに嘘すぎ〉

〈手がオタク〉

〈一千万納税ってどんな富豪だよ〉

〈モデルの彼女とやらを写してみろやコラ〉

〈ネリチャギしか知らんだろこいつ〉

〈なんでフリーザーが好きなのにハイドロポンプなんだよ　フリーザーはハイドロポンプ使わんでしょ〉

〈成人でこのイキり方はレア〉

〈まあ、痛さレベルで言うと小物だな〉

どうやら、取り上げては見たものの、そこまで魅力的なおもちゃではないようだった。

なるほどな、と思いながら斗真はふたたび彼のアイコン写真を見た。確かに、彼本人が語る背景にしては腕が華奢《きゃしゃ》だった。ただ痩せているだけなら格闘技をやめてからなんらかの事情で体重が落ちたとも考えられるが、「ドロポン」の手は非常に滑らかで青白く、言われてみると確かにどうあがいても、本人が語る像とは乖離《かいり》があった。

しかしながら、きっとこの人物は、ありさちゃんほどは面白がられずに流れていくだろう。吹かし方が少年レベルなので、ありさちゃんをはじめとする他の踊り子たちよりは、ある種、透明度が高い。このスレの住民たちはもう少し入り組んだものを欲しがっている。斗真自身も彼にはさほど興味を抱かなかったが、自分がそもそもこのスレを閲覧している趣旨に立ち返り、彼のつぶやきと、痩せた腕のアイコン画像を見つめてみた。

俺の中にも彼と同じみっともなさがあるだろうか。

自分も、無意識のうちに粋がったり、自慢したり、人の関心を引くためにホラを吹いたことはなかっただろうか。あの日の棚橋とのやりとりに、そうした至らない点はなかっただろうか――。

内省の迷路が、画面に映っているSEIKOの文字盤の上で渦巻く。佳奈との次のデートでは、絶対にうまくやりたい。そう考え込みながら画面を見つめているうちに、斗真は、はた、とあることに気がついた。

画面を凝視し、気になった箇所を指で拡大してみる。そこにあるものを前に、斗真は少し遠ざけて眺めては、また顔を近づけて見る動作を繰り返した。そうして自分の中の引っ掛かりが確信に変わった時、斗真は部屋の中で立ち上がった。トッ、トッと自分の胸が、早鐘とは言わないまでも、小動物のようなつぶらな鼓動を打っているのを感じた。

「え」

つい声が出た。斗真は片手で頬をさすったあと、ふたたび、

「え、どうしよう」

とつぶやいて、再度ベッドに腰を下ろした。しばらく迷ってから、ヲチスレの「書き込み」の欄を指でタップした。今まで、このスレを閲覧することはあっても自分で書き込んだことはない。自分なりに上品ぶる一線のつもりだったのだが、深夜に生じたささやかな興奮によって、その線は本当に軽く、消失した。

画面の上で親指を動かす。送信ボタンを押して画面を更新すると、スレの最後尾に、斗真の初めての書き込みがあっけなく表示された。

〈俺、この人知ってるかも〉

＊

レジのバーコードリーダーで商品を読み取る音が響いている。

斗真はスーツの胸元から電子決済のためにスマホを取り出しつつ、目の前の男の手さばきと顔をひそかに観察していた。

黒縁の眼鏡に、ほぼ坊主に近い短髪。年齢はおそらく同年代ぐらいだと思うのだが、全方位に壁を展開するかのようなしかめ面を顔に貼り付けているため、よくわからない。

このコンビニ店員はいつも夜のこの時間帯にいる。無愛想だが作業が手早く、同じ時間帯にいるもう一人の女性店員と違って何も言わずとも弁当には箸、紙パックの飲料にはストローをつけてくれるため、仕事帰りにこのコンビニへ立ち寄った際、斗真はなるべくこの男のレジに向かう。

斗真はどきどきしながら、迅速に動く彼の手元へと再び視線を移した。よく立ち寄るコンビニでも、普段なら店員の外見的特徴をいちいちはっきりとは覚えていないが、彼に対しての場合は違った。素早く動く彼の青白い手首には、小指の爪ほどの小さなサイズの、黒い紋様がある。英数字の４に十字を足したような図形。地図の左上などに見かける、方角を示す四の字方位記号のマークだ。タトゥーというには稚拙《ちせつ》に滲《にじ》んでいて、馬鹿な小学生がやるようにボールペンのインクを使って自分で彫り込んだものであるのがわかった。なぜよりによってそんな図形を、とある意味で哀れに思ったため、記憶の隅に残っていた。

ヲチスレに貼られていたドロポンのアイコン画像にも、拡大すると手首に同じマークがあった。目の前の店員の手首にも、今日も同じマークが存在していて、そして、その四の字方記号が刻まれた彼の手首には、ホットフード等の簡易な調理をするためか、やや上腕の位置に、銀色に輝くSEIKOの腕時計が巻かれていた。

「温めますか」

問われて斗真は顔を上げた。店員が斗真の選んだ豚汁を手に、黒縁眼鏡の奥からこちらに目を向けていた。

「あ、はい」

つっかえながら返した。店員が無言で豚汁をレジに入れる。斗真はカウンターの上にある、残りの商品に目をやった。それから少し迷ったあと、意を決して、非常に小さな声でボソリとつぶやいた。

「ネリチャギ」

「え？」

店員が振り返り、眉をひそめてこちらに左耳を向けるジェスチャーをした。

「あ、いや」

と斗真はカウンター上の巻き寿司を指で示し、

「えっと、ネギトロは温めないでお願いします」

と言った。店員が、何を当たり前のことを、とでもいうように眉間の皺《しわ》をさらに深めて電子レンジへ目線を戻し、レンジの残り時間が一秒を切ろうとした瞬間に、まるで「チン」と鳴ってしまうのが絶対に許せないような強迫観念めいた動作で豚汁をレンジから取り出した。

温かいものと冷たいもの、差し出された二種類のレジ袋を受け取って「どうも」と言い、コンビニを出る。自然、せかせかした足取りになり、自宅に帰ると斗真はすぐにスマホで例の掲示板へアクセスした。

〈ドロポンの店行った。本人いた〉

改行する。

〈ぼそっと「ネリチャギ」って言って帰ってきた〉

投稿した。はやる気持ちで手を洗ってから更新ボタンを押すと、

〈ほんまにやったんかw〉

早速レスがついていた。

買ってきた豚汁とネギトロ巻きを食べながら、スレを閲覧した。火曜の夜九時という比較的スレの流れが早い時間帯だからか、食べ終わる前に続々とレスがついていく。

〈やめとけよ、お触りは〉

〈いいんじゃね、ドロポンだし〉

〈ドロポンレベルだとそうでもしなけりゃ面白くないしな〉

〈やっぱ本人で間違いないの？　どんな反応だった？〉

〈実際はどういう奴なん？〉

　斗真が、彼のことを知っているかもしれない、という初の書き込みをしたのは、一昨日のことだ。自分の生活圏内に住む人間かもしれない、と続けると、初めは大半のスレ民が、懐疑的な姿勢でほぼスルーした。〈ネタだろ〉と誰かが言い、さして取り沙汰されなかった。彼らが半信半疑なのは今も変わらないのだろうが、こちらが〈今度会った時、ちょっとジャブ打ってみる〉と宣言したことによって、皆、これが嘘かもしれないことは織り込み済みで、少しだけ乗っかっているのが現状だった。

　食べ終えて空になった容器をコンビニの袋の中に捨て、斗真は続けて投稿した。

〈リアルのドロポンは、やっぱネットで本人が言ってる内容とは違う感じ〉

〈特定されたらあれだから詳しくは書けないけど、一千万納税とかはナイと思うよ〉

〈俺がよく行く店の店員なんだ。たぶんアルバイト〉

〈すごく細い。見た目はなんか旧日本兵みたいで、眼鏡かけてて、険しい顔してる〉

〈モデルの彼女がいそうには見えない〉

〈「ネリチャギ」ってつぶやいてみたら、聞き取れなかったのか「え？」って圧が強

い感じで聞き返されて、それ以上踏み込むのは怖くて退散してきた〉

〈格闘技やってるようにも見えない。女の子ばりに細いんだもん〉

〈でも、仕事の手はすごく速いんだ〉

書き込みの手を止めて息をつく。何をやっているのだろう、と後ろめたさを覚えた。ゴミ袋代わりにしたコンビニ袋の口を結えて台所のゴミ箱へ持っていくと、チェストの上に置いてある雑誌が目に留まった。四日後に控えた佳奈とのK倉デートのために買った観光ガイドで、斗真の手により各ページにいくつもの付箋《ふせん》が貼られていた。

準備をすればするほど、良くない結果を想像してしまう自分がいた。プランを立てたら立てたで、その計画表にあるアクティビティAからアクティビティBへ無言で機械的に移動する佳奈と自分の無惨な光景がイメージされる。

斗真は寝室に戻り、ヲチスレを表示しているスマホ画面へふたたび視線を落とした。紛れもなく、これは逃避だと感じた。想像上の、四日後の佳奈が自分に向けてくる冷めた視線を受け流すように、自分はドロポンというまったくの他人に目を向けている。

〈sgaY703はチキンだな〉

新しい書き込みがついた。その文字列はこのスレにおける斗真のIDで、匿名掲示板の上で唯一、斗真という個を識別するコードだった。

〈もっと面白いことしてくれよ。「なんであんな嘘つくんですか」って聞くとかさ〉

〈やめとけよ　このスレの存在バレるだろ〉

〈個人的にはもっと攻めてほしい　このままじゃsgaY703はただのピンポンダッシュマン〉

〈ドロポン程度の踊り子なら別に失っても惜しくないしな〉

〈いや》1にあるローカルルールも読めんのか？　お触り禁止って書いてあんだろ〉

〈なんか荒れてきたな　ドロポン関連の話題やめるか？〉

〈sgaY703、続報待ってます〉

ドロポンもといハイドロポンプ高橋をどう扱うか、住民たちの間でも意見が分かれているようだった。しばらく静観していると、やがてスレの話題は住民の一人が新たに見つけてきた〝部下へのパワハラ行為をエックスの裏アカウントでなぜか自慢げに語る男〟へと移ってゆき、斗真は彼らの中でドロポンという小波がすっかり沖へと去ったのを感じた。

翌日の水曜、斗真は仕事帰りに再度、ドロポンのコンビニへ立ち寄った。レジの中には普段と同じく彼がいて、斗真は夕飯の弁当や明日の朝食用のパンを手に取りながら店内を一周したあと、彼のレジへ向かった。

別にもう、何かかしてやろうという気はなかった。単なる利便性で彼の前に商品を置き、しかしながら、やはり少しは顔を見た。

彼がいつもと同じ表情で商品をレジに通していく。彼の背後にの壁には時間割りのようなものが書かれた貼り紙があって、よく見ると、それはホットフード用の簡易キッチンを掃除した者が名前を書き込むための用紙であるらしかった。一番下の、最新を示すであろう欄にはボールペンで「タカハシ」と書かれていた。本当に高橋という名なのだなと思った途端、斗真の喉元に、何を考えて本名と重なるハンドルネームであんな虚言のアカウントを運営しているのだという彼への問いかけが込み上げてきた。身バレしたら相当恥ずかしいことになるというのに。本当に、いったい、何を考えて、なぜハイドロポンプなんだ、なぜ四の字方位記号なんだ。

レジカウンター内の電子レンジの中で斗真の弁当が温められている。すでに会計を終えた斗真は横にずれ、ドロポンは次の客の商品をさばいていた。弁当の温まりを待ちながら、斗真は小さく口を開けた。そして本当に小さな声で、ほとんど誰にも聞こえないようにか細く、歌のようなメロディを口ずさんだ。

パアア。

プー。

奇妙な響きのその音の、もととなるのは子供の頃に聞いた、とある電子音だった。ドロポンがかつてその物真似で後輩を追い払ったと語る、ポケモンのフリーザーというモンスターの、ゲーム内での鳴き声だった。

平成生まれの斗真は当然、幼少期にポケモンブームが直撃した世代で、もちろんのこと、初期の作品は何作か夢中でプレイしたことがある。フリーザーというのは美しい鳥の姿をした氷のモンスターで、鳴き声は、その姿に見合う、まるで歌声のような旋律をした特徴的なものであったことから、斗真の記憶にも残っている。「パァア」「プー」というフルートの音色じみた雅な高音の最後に、なぜか「デュン」とでも表現が可能な、斬撃のような音が入っている。

それを斗真はレジの横で歌った。

口の中で最後の「デュン」を言い終えて、もし周りに聞かれていたらと顔が熱くなるのを感じながら、斗真はドロポンの顔を盗み見た。すると、彼と目が合った。刹那、心臓が跳ねるのを感じたが、彼の手には温め終えた斗真の弁当入りの袋が握られていて、それをこちらへ突き出す格好だった。斗真は短い礼を言って弁当を受け取り、彼と自分がたった今、接続されたのか否《いな》かが判別できないまま、コンビニを後にした。

家に帰ると、温められた弁当を前にスマホを開いた。ついさっきの出来事をヲチスレに書き込もうかと考えたが、住民たちの興味がとっくにドロポンから失せていることを思って、やめた。

しばらく無音の部屋の中で黙々と弁当を食べたあと、落ち着かなくなり、斗真はLINEのアイコンをタップした。小一時間ほど前に、仕事帰りの電車の中で佳奈と交わしたメッセージの履歴が表示される。

〈今週土曜日楽しみだね〉

佳奈の文章の末尾で、彼女が好んでよく使う、黄色くて丸い体をしたキャラクターの絵文字が飛び跳ねている。

〈調べてみたら、K倉動物園まではメインの観光地から少し距離あるみたい。でもバスが出てるから、よかったら最後に動物園も行こうよ！〉

今度は黄色いキャラクターが左右に体を揺らして踊っている。

こちらに任せるだけでなく自分でもどんどんプランを出してくれる佳奈に対して、改めて、斗真の心に暖かい感情が灯った。彼女の恋人になりたいし、なんなら、その先に結婚を見据えた関係になりたい。世間一般の尺度でいうならお互いにまだ結婚を急ぐ歳でもないのだが、先が考えられない関係を積み重ねていくのはむなしいことだと斗真は考えている。

〈K倉動物園にはこんな珍しい鳥もいるみたいだよ！〉

そう言って佳奈から送られてきて、あとで観ようと思っていたYouTube動画のリンクをタップする。動画の中では大きなハートマークの意匠をあしらったガラス窓の向こうで、大型のカラフルな鸚鵡《おうむ》のような鳥が二羽、寄り添ってお互いの羽を繕いあっていた。

動画を再生しながら、斗真は目を閉じた。こんな明らかにカップル向けのラブリーな展示の動画を送ってくるなんて、佳奈――。もういっそ土曜はこの鸚鵡の前で好きです、付き合ってくださいと告白しようかと考える。スマートフォンのスピーカーからは、その鳥の雄だか雌だかのどちらかが、相手に向かって発する甲高い求愛の鳴き声が響きわたり続けていた。

*

『さあ、皆さん今日も元気に――』

身支度中に垂れ流しているテレビ画面の中で、番組MCの女性アナウンサーがゲスト全員へ唱和をうながした。

『『どはようございます！』』

声のそろった土曜朝の番組タイトルコールを傍耳に、斗真は歯ブラシでひたすら口内を磨き続けていた。エッと中年のようなえづき声が漏れる。緊張からくる胃の揺らぎによるものなのか、執拗な口内清掃のせいなのかはわからない。ついにやってきた土曜の朝陽の中で斗真はふたたびえづき、洗面台のふちを掴《つか》んで、ほぼ嘔吐のような挙動で口の中のマウスウォッシュを吐き出した。

しかしながら、前日よりは腹がくくれていた。今さらジタバタしてもしょうがないという気持ちを胸に、斗真は濡れた髪をドライヤーで乾かし、真ん中で分けた前髪を温風でサイドに流し、K倉散策にふさわしいカジュアルさかつ清潔感のある服装を身にまとって、マンションを出た。

スーツ以外の格好で佳奈に会うのは初めてだが、服選びは特に思い悩まなかった。服のセンスに関しては、自信があるとまでは言わずとも、さほどトンチキではないと思っている。

三鷹《みたか》に住む佳奈と新宿《しんじゅく》駅で待ち合わせる。少し早めに着いて約束の場所で彼女を待っていると、待ち合わせ時間の三分ほど前に、人混みの向こうからこちらにやってくる佳奈の姿を見つけた。遠目に「よっ」とでもいうような仕草で佳奈がこちらに片手を上げる。そのまま足を早めるでもなく悠然と歩いてきた佳奈に、斗真は「おはよう」と述べたあと、心からの感嘆を口にした。

「——めちゃくちゃかわいいじゃん！」

慄《おのの》きすら感じながら佳奈の服装を一歩引いて見る。いつもは何かピラピラした服を着ている佳奈だが、今日の彼女はやや袖にボリュームがあるデザインをした白のスウェットトップスに、細身のデニム、スニーカーという服装で、片方の肩に小ぶりなリュックを引っかけていた。初めてみたカジュアルな出で立ちに、心の真ん中に速球が打ち込まれ、

「すごい似合うじゃん、どうしたの」

と改めて本心が口をついて出た。佳奈は斜に構えた感じで口の片端を上げると、

「斗真くんも似合ってるよ」

と言った。

「普段スーツの人の私服を見たらがっかり、っていうパターンも多いみたいだけど、斗真くんは私服のほうがいいね」

「そうかな、ありがとう」

「その紺色のカーディガンすごく似合ってるよ。前から思ってたけど斗真くん、ブルベだよね。ブルベ夏って感じ」

「夏？　俺、自分ではあんま夏って感じしないけどな。たまに色物着ても紺とか青とか、寒い色ばっかりだし」

「あのね、パーソナルカラーにおける夏タイプっていうのはね……」

言葉を交わしながら湘南新宿《しょうなんしんじゅく》ラインのホームへ行き、K倉行きの列車に乗った。

並んで座った席で佳奈は各パーソナルカラーの人間の似合う色についてを斗真に説

明し、斗真は相槌を打ちながら、佳奈のパーソナルカラーはどれなのかと訊いた。手首の血管の色を見ればわかることもあるというので、お互いに服の袖を少しまくって手首の裏を見せ合う。佳奈のほうから香水の匂いがした。甘さのないハーバルな香りで、斗真自身が好んで休日に使う香水と系統が似ていた。佳奈と休日に会うのはこれが初めてだから、純粋に香りの好みが似ているのだろう。

電車内での話題は尽きなかった。晴れたことを喜びあい、今日の展望を口にしあう。今のところ順調であることを斗真は嬉《うれ》しく思ったが、さりとてこの段階で問題がないのは、いつものことだった。

佳奈と話しながら斗真は車窓に目をやった。青い空に薄く雲が伸び、晴れ渡っている。しかし斗真は、その向こうに暗雲が隠れている可能性も考慮して、ボディバッグの中に折り畳み傘を忍ばせてきていた。今この瞬間の気持ちもまた、同じだった。

「ねえ見て！」

エプロン姿の佳奈が叫んだ。丸椅子に腰掛けた佳奈の前には電動のろくろがあり、低速で回り続ける皿の上で、大きめの椀のような形をした粘土が回転している。

「お茶碗作るつもりが、どんぶりサイズになっちゃったよ」

そう言って粘土と格闘する佳奈の顔に前髪が一筋垂れ落ちる。邪魔っけなそれをいつものように耳にかけようとするも、指はすべて粘土で汚れていて、なすすべがなく息で自分の前髪を払おうとする彼女のおかしな表情に、斗真は吹き出した。佳奈と同じカーキ色のエプロンを身につけた斗真の前にもろくろの上で回る粘土があって、佳奈のものよりは、茶碗と呼べる見てくれになっていた。

予約時間の都合で、K倉に着いてすぐやってきたのがこの陶芸体験教室だった。土と釉薬の匂いがする教室の中には、斗真たちの他にも数名の体験申し込み客がいて、皆、時に真剣に、時に己の失敗に嬌声を上げたりしながら、和気あいあいと器作りに取り組んでいた。

「斗真くん上手いね……やってたでしょ？」

「いやいや。でもこれ、小さく作るのって結構難しいな。俺も佳奈ちゃんみたいにどんぶりに路線変更しようかな」

「いや私はここからまだ茶碗を目指すから」

「厳しくない？　もうどんぶりにしなよ。てか鼻の横のとこに土ついてるよ」

「知ってる。さっきからめっちゃ痒い。取ってよ」

「無理だよ、俺も手ヌタヌタだもん」

言いながら椀の形にした粘土のふちに手を添える。すると佳奈のほうから、

「あっ」

と声がした。佳奈の前にある粘土が、手元が狂ったのか、一部がひしゃげた形でくるくると回っていた。

奇妙な現代アートのような姿で静かに回転し続ける粘土を前に、一拍の間のあと、佳奈が笑い出した。笑いのつぼに入ったのか、ヒャ、ヒャ、と肩を震わせている。その低速でシュールに回り続ける粘土の姿に、斗真も笑った。弾みで斗真の茶碗も同様に歪《ゆが》む。

「あっ」

と斗真は美しいフォルムを損なってしまった己の作品に悲嘆の声を発しながら、今の状況に、あれ、と思った。

おかしい。

なんか、楽しいぞ。

「それでは、二週間後に焼きあがりましたら皆さんのお宅に発送しますのでね」

講師の言葉に返事をし、手と顔の汚れを落として体験教室を後にした。休憩がてら、陶芸教室の近くのカフェで昼食をとることにする。斗真が事前に観光ガイドから見繕っておいた店だった。古民家を改装した作りの店内に入ると、窓際の席に通された。先ほどまで居た陶芸教室を主宰している蔵が食器を卸しているという店の中で、洒落《しゃれ》た陶器のコーヒーカップを口に運びながら、佳奈が言った。

「楽しいね」

「うん、本当に」

内心の驚嘆を隠しながら斗真は言った。佳奈からはきっと想像もできないほど、驚くべきことが自分の身に起きていた。陶芸教室へ向かっている時も、この店にやってくる道中も、佳奈と自分はK倉の町のあちこちを指差し、あの建物が素敵だ、この郵便ポストがかわいい、などなど、二人で道すがらを存分に堪能することができていた。つまりは、盛り下がっていなかった。陶芸教室の予約時間が早かったためまだ商店はちらほらとしか空いておらず、土産物の店などは覗《のぞ》けていないが、すでに十分、今までとは確実に何かが違っていた。

斗真がもっとも目を見張ったのは、先ほどの陶芸教室で、自分自身が自然に心から楽しめていたという事実に対してだった。もちろん、佳奈に楽しんでもらえるよう言動のひとつひとつに気を遣ってはいた。だが、佳奈をからかい、からかわれ、同時に自分の手の中で形成される器の出来へ真剣味を注いでいたあの瞬間、自分自身も、確かに楽しむことができていた。その結果、こうして佳奈も笑ってくれている。

澄《す》ました顔でコーヒーを口にしながらも、斗真は心の中で顔も知らぬ〝こころコンシェルジュ〟のカウンセラーと握手をしたいような気分だった。別に、彼女のアドバイスによってこの状況がもたらされたわけではないのだが、それでも誰かに感謝したい気持ちで一杯だった。

要因はなんだ？　相手だろうか。これが、相性が良い、ということなのだろうか。それとも佳奈が、こちらの苦手なことを突破するほど特別にコミュニケーション能力に優れた人間なのだろうか。もしくは、今までのうまくいかなさはいわば思春期病のようなもので、成人して歳を重ねるうちに、社会経験の力で、あの病は知らずうちに根治されていたのだろうか？

注文したパンケーキが運ばれてきて、そのてっぺんに盛られたアイスクリームを佳奈がスプーンで崩す。佳奈はあまり料理の写真を撮らない。だが、そこには斗真がヲチスレで時々見かけるような〝料理の写真とか撮らない私／僕〟をアクセントにしているような自意識は見られない。時々「あ、食べる前に撮るの忘れた」と言って、すでに手をつけてしまった料理を前にスマホを取り出すこともある。そうしたところもまた、好きだと斗真は思っている。

食事を終えて、佳奈が手洗いに行っている間に斗真は会計を済ませた。戻ってきた佳奈がすでに支払いが済んでいる様子を見て、

「えっ、ありがとう。次のところは私が出すね」

と手を合わせた。次のところ、となると夕食のことで、ここよりも高いはずだから斗真はそこも自分が出すつもりでいる。前回の居酒屋では佳奈に裏をかかれてこちら

が手洗いに立った隙に支払いを終えられてしまったことを思い、それに好感を抱くべきか、まだ線を引かれているのだと捉えるべきかを悩みながら、斗真は財布をボディバッグへ仕舞い、佳奈と店を出た。

次の行き先は、佳奈が動物園の次に楽しみにしていた酒蔵だ。日本酒造りの工程を見学しながら蔵の酒を何種か飲ませてもらえる利き酒体験コースを申し込んである。そのあと動物園へ行き、和食の店で夕食をともにしてから佳奈の実家近くまで送っていくというのが今日の予定表だ。

酒蔵はメインの観光通りを通った先にあるので、通りの店を覗きながら向かうことにした。観光通りに足を踏み入れると、石畳の左右に、黒い木材を建築に使った店々が並んでいた。石畳の上をたくさんの観光客が賑《にぎ》やかに往来している。楽しげな雰囲気に二人して感嘆の声を漏らし、斗真は通りに入ってすぐのところにある陶磁器の店を指し示した。

「あ、ここ。ここは一番、器の品ぞろえがいいらしい。見てみようよ」

「いいね。入ろう」

「あと、ちょっと行ったところにオリジナルの香水をブレンドしてくれる店もある」

「色々調べてきてくれてるんだね」

佳奈の目が少し大きくなった。

「さすがA型。普段の買い物とかも結構、決め打ちする感じ？」

「いや、一人だったら割と、ノープランでぶらぶらする」

「じゃ今はエスコートしてくれてるんだ」

「まあね」

言葉を交わしながら陶磁器の店に入る。入るなり早速、欲しいと二人で話していた焼き魚用の長皿を見つけた。

「これ！　こういう青いのが欲しかったの。Zumiさんが使ってるようなやつ」

と佳奈が料理系インスタグラマーの名を口にしながら棚に歩み寄った。その斜め後ろで斗真は彼女の姿を微笑《ほほえ》ましく眺めながら、瞬間、胸のあたりになぜかフッと、少しだけ影が差すのを感じた。

「ね、これどう思う」

いくつかの皿のうち一つを手に取り、佳奈がこちらを振り向いた。

「え、ああ」

と斗真は自分に立ち返り、表情を作った。佳奈の手から皿を受け取り、

「いいね。そっちにある長方形のやつより、こういう角が丸っこいほうが俺は好きかも」

と返した。

「だよね。でもちょっと縁《ふち》が浅いから、煮魚とか載せたら煮汁が溢《あふ》れそうになっちゃうかもしれない」

佳奈が皿を前に悩んでいる。

斗真は店内を見渡した。四方の棚には器が大量に積み重なっている。広めに造られた店内の人影は通りの外の人通りと比べるとまばらで、自分たちのような男女二人連れや、友人同士らしき客たちが商品を見て回っていた。

皆、自然に時間を過ごしているように見える。

今から小一時間ほど、こうした時間を佳奈と過ごすのだ。雑談を交えて——ぶらぶらしながら。

ぶらぶらという先ほどの自分が発した言葉が頭の中で存在感を増し、気づけば斗真は呼吸を忘れていた。はっとして息を吸うと、喉の奥に栓がされているかのように、吸ったはずの息が浅いところでぶつかった。

「斗真くん？」

呼ばれて佳奈に視線を戻す。佳奈が小皿の棚の前で、こちらの顔を見つめていた。

「どした？」

「ああ、ごめん」

機械的に動いた手が、近くの棚にあった皿を無意味に掴んだ。

「これとかどう？　猫が描かれてる。めっちゃかわいくない？」

猫が寝そべっている絵入りの平皿だった。佳奈は「かわいい」と一瞬だけ皿に目を落としたが、すぐに斗真の顔へと視線を戻した。

「ちょっと疲れた？」

めざとさにぎくりとしながら「そんなことないよ」と皿を棚に戻す。佳奈が「そう」と別の皿を手に取りながらも、

「近くにカフェいっぱいあるし、よかったらもっぺん、ちょっとお茶しようか」

と提案してきた。

「いや、まだ大丈夫。佳奈ちゃんこそ足とか疲れてない？」

尋ねると佳奈は自分の足元を指差し、履いているスニーカーの平べったい踵《かかと》を示した。

「私はまだ大丈夫」

「そっか。疲れたらすぐ言ってね」

「ありがとう」

佳奈が微笑み、斗真は気を遣われてしまったことに焦りを感じながらも、気を取り直そうと努めた。だが、思った。

買い物は鬼門かもしれない。

自分の一挙一動が、急速にぎこちなくなっていくのを感じた。過去に棚橋とゲームセンター内を〝ぶらぶら〟した時の悲惨な記憶が蘇《よみがえ》る。これは、そうした体験からくる苦手意識なのか、そもそも他者と明確な目的のない時間を過ごすことへの不得手さに由来するものなのだろうか。

焦りがつのり、しかしそこで斗真は、自分のチャンネルをプライベートモードではなく、強引に仕事モードに切り替えることにした。佳奈と店内を巡りながら、もはや接待のつもりで、そつのない言葉をにこやかに口にしていった。

社会人作戦は若干、功を奏し、器の店を出て次の土産物店に入ったあとも、表面上は和やかなデートが続いた。だが、それで保ったのもわずかなひと時だけだった。斗真は次第に佳奈が興味を示した物へ肯定の意を示したり、または添乗員さながらに「この店は寛永の時代からあるらしいよ」と蘊蓄《うんちく》を垂れることしかできなくなっていった。

佳奈のほうもだんだんと目の前の男が先ほどまでとは違った人格で自分に応対していることに気づき始めたようで、二人の間にはやがて、身に覚えのある気まずい空気が流れ始めた。

ジグザグに通りの店を移動しているうちに、石畳が途切れた。通りの終わりを示す石柱が立った真横の小道には、目的の場所である酒蔵の袖看板がかかっていた。

看板を仰いで、斗真は言った。

「着いたね」

「やったあ。お酒が飲める」

明るいトーンの佳奈の言葉にほっとする。酒の介入を待ちわびるほどさっきまでの時間が気づまりだったのかとも思わなくはなかったが、さすがにその捉え方は卑屈すぎるので頭の外に追いやり、酒造の戸をくぐった。

中は学校の体育館かと思うぐらい高い天井をした土間の空間で、通路の右側に、注《し》連《め》縄付きの大きな酒樽が積み重ねられていた。入り口の奥には藍色の前掛けをつけた女性がいて、斗真たちより早く来た見学客たちの対応をしている。

後に続いて見学メンバーへ加わり、そして、その酒蔵の杜氏《とうじ》の娘だという藍色前掛けの女性のガイド付きで、今の斗真にとっては特筆すべきことが何もないまま二、三十分ほどで酒蔵見学は終わった。

ガイドに合わせてへえ、だの、ほお、だの言うだけで済んだ時間は終了し、最後に通された部屋で、利き酒体験と称された日本酒の試飲コーナーが始まった。

一人にひとつずつ配られた横長の盆の上に、日本酒入りの猪口《ちょこ》が五つ並んでいる。

隣の佳奈は同じ盆を前にして、「すごい。全部日本酒なのに、お酒の色がどれも全然違うよ」と目を輝かせている。佳奈としては先ほどの酒造工程の見学が面白かったようで、酒蔵に来る直前よりは溌剌《はつらつ》さを取り戻しているように見えた。

斗真は猪口の上で静まり返っている酒の水面を見つめた。ここから巻き返さなければいけない。しかし斗真にとって、この場は比較的、得意な場だといえた。酒を飲みながら歓談すればいいだけだ。

斗真たちの前には、酒とともに配られた一枚の用紙があった。そこには五つの日本酒それぞれの名と味の特徴が記載されていて、試飲した猪口の中身がどれなのかを当てるシステムだった。すべて当てた参加者は、酒造オリジナルのぐい呑《の》みがもらえるらしい。

隣で佳奈が一番左端にある猪口を取り、斗真も同じものを手に持った。

佳奈が言った。

「なんか、ちょっと濁ってるね。にごり酒ってやつなのかな」

そして二人で小さく乾杯し、最初のひとつに口をつけた。

「美味しい！」

佳奈が猪口を口から離して目を見張った。

「すごくフルーティな香りがする。私はこれ、五番の『村田丸《むらたまる》』だと思う」

「ほんとだ、めっちゃ美味しいね。なんかちょっとシュワシュワもしてない？」

「え？　してるかな？」

「してる気がする。微発泡してるから、俺はこれ、二番の『珠狐《たまぎつね》』だと思うな」

「ほんと？　さっそく意見が分かれたから、勝負だね」

「だね。俺、本気出すよ。ぐい呑み欲しいもん」

「いいね。負けないよ」

佳奈が笑い、ひとつめの酒を二人して飲み干した。体験コーナーなので一杯あたりの量はほんのわずかだが、三杯目を飲む頃には、酒で赤みが出る体質の佳奈の顔にはほのかに朱が差していた。「このあと動物園なのに、もっと飲みたくなっちゃう」と佳奈が自分の頬に手の甲を当てる。「大丈夫でしょ、佳奈ちゃんすぐ顔に出るけど酒は強いし」「まあそうだね」と会話を交わしていると、横から、

「あら？　もっといけますか？」

と声がかかった。日本酒の瓶を携えた、先ほどのガイドの女性だった。「よかったらどうぞ」と女性が笑顔で瓶を差し向ける。佳奈が「えっ、いいんですか」と遠慮を見せたが、「どうぞどうぞ。美味しく飲んでくださって嬉しいです」と女性がにこやかに勧めるので、二人とも追加で注いでもらった。

「あの人、綺麗だね」

女性が他の客の卓にも酒瓶を持って移動するのを見届けてから、佳奈が言った。

「やっぱ常に日本酒の蒸気を浴びてるから、あんなにお肌ツルツルなのかな」

いくぶん饒舌《じょうぜつ》に猪口を傾ける佳奈を見て、いい感じだ、と斗真もさらに一杯、追っかけた。

このあとは動物園だ。斗真の法則でいえば動物園も、下手をすればただただルートに沿って園内を移動するだけのつまらない場にしてしまう恐れがあるため、ここで酒の力を借りておきたかった。学生時代の自分と今に違いがあるとするならば、アルコールという薬理の力を利用できる点だった。

斗真は酒を飲んだ。途中でその飲みっぷりを見て、ガイドの女性がまたしても笑顔で酒を注ぎに来る。「大丈夫？」と佳奈が苦笑した。こちらがさほど酒に弱くないことを知っているからか、その声に制止の響きはない。

やがて体験コーナーの終わりの時間がやってきて、先ほどの女性が参加客たちの前で利き酒クイズの正答を発表した。その結果と己の手元にある用紙の書き込みを見比べて、「あ、俺、全問正解してる」と斗真はつぶやいた。佳奈が横から斗真の用紙を覗き込み、「まじだ」と興奮した声で言ったあと、斗真の腕を掴んで、

「はい！」

と高く掲げさせた。

「この人正解してます！」

ハイテンションな佳奈の声を皮切りに、他の席からもちらほらと正解者の手が上

がった。それほど難しいクイズではなかったと知った佳奈が「私も自信あったのに」と悔しそうな声を出す。それよりも斗真は、たった今、佳奈から腕を掴まれたことにどきどきしていた。今まで手さえ握ったことがないという自分たちの健全性も相まり、こんな程度のことで嬉しくなれるこの関係の貴重さを痛感した。

佳奈にうながされてガイドの女性のもとへ行き、賞品のぐい呑みを受け取る。これは佳奈にあげよう——そう思いながら佳奈のところへ戻るため、一歩を踏み出した、その時だった。

緩やかに視界がぶれたと思った直後に、斗真の目の前で星が散った。

何が起きたのかがわからず、頬の下に冷たさを感じながら瞬きをした。遠いところから男女のどよめきが聞こえ、束の間の困惑のあと、斗真は自分の頬にある冷たさが酒蔵の土間の床であることをようやく理解した。ゴッ、という、ついさっきの自分が確かに身をもって味わった、床と自分の頭がぶつかる音が遅れて耳の中でリフレインする。

転んだ。そう把握すると同じくして、斗真は反射的に「あ、大丈夫です」と言いながら素早く体を起こそうとした。しかし床に手をついて前屈み気味に立ち上がろうとした瞬間、眩暈がして、斗真はたたらを踏んだ。すぐさま両サイドから誰かがこちらの体を支える感覚があった。先ほどのガイドの女性と、体験コーナー参加者の男性客だった。ガイドの女性は青ざめた顔で「大丈夫ですか、大丈夫ですか」と繰り返していて、その向こうに、同じく青い顔で口元に両手を当て、目を見開いている佳奈の顔があった。

診察室を出ると、待合室の長椅子でスマホを激しくスクロールしていた佳奈が顔を上げた。

酒蔵で激しく転倒した斗真が連れてこられたのは、観光街内にある、観光組合提携の小さな休日診療所だった。

「ごめん。本当にごめん」

酔いなどとうに冷めた頭でそう言うと、佳奈が、

「全然気にしないで。それより今調べたらね、ここからタクシーで二十分ぐらいのところに土曜でも診てくれる救急病院があるみたい。そこに行こう」

と斗真の背中に手を添えた。

「いや、いいよ。もう診てもらったから、大丈夫だし動物園行こうよ」

「何言ってるの！　頭打ったんだよ。CTとか撮ってちゃんと診てもらわないと」

そうまくし立てる佳奈を前に、斗真は「大丈夫だから行こう」の一点張りを続けた。

同じ言葉を何度も繰り返しながら斗真は、子供の頃に目撃した交通事故の光景を思

い出していた。それは斗真の学校帰りに眼前で起きた、乗用車と、自転車に乗った高校生くらいの若者との接触事故で、車に撥《は》ねられてびっくりするほど大きく飛んだその若者が、地面に叩きつけられた直後にすっくと立ち上がり、「大丈夫です」とスタスタその場を去っていこうとしたのを覚えている。子供心にあれは羞恥心《しゅうちしん》からそうなっているのだなと理解して、なんともいえない気持ちになったものだ。今の自分に同じことが起きている。

「本当に大丈夫なんだって。いいから動物園行こう。俺行きたいよ」

「斗真くんごめん。それは賛成できない」

厳しい顔で佳奈が言う。

「何度も言うけど、打ったの頭なんだよ。あとから怖いことになったらどうするの」

「大丈夫だよ。ここの医者にも『心配だったら大きい病院行ってくださいね』って言われた程度だったし」

「だからその大きい病院に今から行こうって言ってるんでしょ」

「大袈裟だよ」

つい苛々とした口調になり、斗真は佳奈から顔を背けた。

「心配してくれてるのにごめん。でも、動物園行かないんだったら、佳奈ちゃんもう帰りなよ」

「はい？」

「どうしてもって言うなら、俺は俺でちゃんと病院行くから。付き添ってもらうのも悪いし」

「一人で帰せないよ」

「ちゃんと行くから。なんか、調べてくれたんだよね。なんていう病院？」

問うと、佳奈がスマホと斗真へ交互に目をやりながら、

「K倉救急病院だけど――」

と言った。

「わかった。そこ行くから。調べてくれてありがとう」

「斗真くん」

「さっき看護師さんにタクシー呼んでもらったんだ。バスだと時間かかるから、タクシーで動物園行こうと思って。でも、行かないんだったら、その車で佳奈ちゃん駅まで送ったあと、俺はそのまま病院行くね」

しばらく佳奈と押し問答したのち、受付の看護師から「タクシーが来ました」と呼びかけられた。診療所を出て、変わらずまだ何か言い続けている佳奈をタクシーに押し込み、出口を塞ぐようにその隣へと乗り込んだ。運転手へ二か所の行き先を告げて駅へと向かうと、斗真は車から佳奈を降ろした。押し付けられた自分のリュックを両

手で抱えて「はあ?」「嘘でしょ」と憤る佳奈をその場に残し、次の行き先である病院へ向けてタクシーで去った。

運転手が、一人になった斗真に、

「K倉病院ですよね」

と行き先を再確認する。斗真は、

「いえ、ちょっと回ってから、またさっきの駅に向かってください」

と言い、十五分ほど周辺をタクシーで走り回ったあと、駅に戻った。

構内に佳奈の姿がないことを確認し、電車に乗って自宅最寄り駅への帰路についた。

病院に行く気などなかった。

特急電車の中で少しずつ夕暮れに近づいていく車窓越しの空を眺めながら、ただひたすらに、棚橋との時とも違って、消えたかった。

自宅最寄り駅に着くと、すでに夜だった。

斗真は茫然《ぼうぜん》自失で自宅への道を歩いた。途中で激安チェーン居酒屋の看板が目に留まり、吸い寄せられるように雑居ビル地階のその店へ入る。先に通されるなり斗真は備え付けの電子タブレットから〝爆弾レモン〟という名のサワーを注文し、チャームの枝豆には手もつけず立て続けに爆弾レモン、芋焼酎のロック、爆弾レモン、また芋焼酎のロック、と交互にオーダーして飲み続けた。

　レモンのサワーでケミカルな甘さに浸された口の中を芋焼酎で洗う、ということを繰り返し、診療所で服用した鎮痛剤の成分も相まって頭の中がグリグリと音を立て始めた頃に、会計をした。電子決済のためスマホを取り出した時、佳奈からLINEのメッセージが来ていることに気づいたが、開くことなく店を出た。

　そのあと、気づけば斗真は近所のラーメン屋にいて、一人で餓鬼のように豚骨醤油ラーメンをむさぼっていた。そのまた次に気付いた時には、一人でなぜか自宅近くのカラオケボックスの個室内にいて、コの字形をしたソファの上で目覚めた斗真の目の前では、カラオケ画面の中で大塚愛《おおつかあい》の『さくらんぼ』をヘビメタアレンジで歌う若い男性バンドたちの姿があった。

　自分の顔面の脂臭さに吐き気を覚えながらカラオケボックスを後にする。喉の渇きを感じて、道すがらにいつものコンビニへ寄った。深夜の時間帯だが店内にドロポンの姿はなく、斗真は緑茶の500mlペットボトルと、もはやこれ以上飲めもしないレモン酎ハイの缶を手に、動作の緩慢な女性店員のレジで購入を済ませた。

　コンビニを出てすぐに緑茶の蓋《ふた》を開けて飲んだ。優しい味が胃に滑り落ちる。その途端、無茶苦茶な飲み方で彼方に押しやろうとしていたものが緩んだ。その場にしゃがみ込んで泣きたくなり、しかし最後の理性で、少し歩いてコンビニ横の路地に入ってから、そうした。子供のように次から次へと涙がこぼれて、路地の壁を殴った。それでも収まらなかったので今度は立ち上がって壁を蹴ろうとしたが、そこで急に自分の年齢を思って何もかもが嫌になり、頭を覆うように両腕の側面を壁につけた格好で、斗真は鼻の奥に流れる涙を飲み込んだ。

「なんでだよ」

壁を叩く。

「なんでだ」

声をかけられたのは、その時だった。

「あの」

男の声だった。斗真はもはや無様な姿を誰かに見られた気まずささすら感じず、相手を威嚇《いかく》するようにゆっくりと振り返った。

路地の奥、表通りとは反対側の位置に、男が一人、立っていた。自転車を押しながら止まった格好でこちらを見ている。

「大丈夫ですか」

黒縁の眼鏡に、坊主に近い短髪。言葉には心配するというよりも、不審者を牽制するような響きがある。

ドロポンだった。

は、と思わず斗真の口から笑いが漏れた。そのまま斗真は相手を指差し、は、は、と空笑いをしたあと、つぶやいた。

「ドロポンだ」

口にしてから自分の不審者っぷりに嫌気がさし、自転車を引いた彼が通れるよう、その場を退散することにした。踵《きびす》を返して彼に背を向け、ふらつく足取りで通りへの出口へと向かう。すると「おい」という言葉とともに、後ろから突然、肩を掴まれた。

「今なんつった」

しまったと思うと同時に、どうでもよくなった。やけくその気持ちで斗真は「はい？」と振り返りながら、「なんなんですか」と肩に置かれたドロポンの手を振り払った。

「なんなんですかと違うやろ。今なんつった、って聞いとるねん」

関西弁だ。東京生まれ育ちの斗真にとって西の訛《なま》りは基本、高圧的に感じられるものだった。しかし初めてこうして対峙《たいじ》したドロポンの口調には、圧というよりも、体格に恵まれない男が頑張ってキンキン捲《まく》し立てているような調子があり、それほど怖気は感じなかった。

「何も言ってないですよ」

「ドロポンがどうこうとか言うたやろ」

「言ってないですよそんなの」

ふたたび路地の出口に向かおうとすると、「待て」とまたしても肩を掴まれた。なんだこいつ、と不条理な苛立ちと気色悪さを感じ、

「もうやめてくださいよ」

と斗真は相手の手を掴んで、千切るようにその手を宙へ放り捨てた。

「言いましたよ、言いました。それがなんなんですか、ハイドロポンプ高橋さん」

言うと、ドロポンが黙り込んだ。眼鏡の奥で目がぎょろぎょろと動き、そのあと、

「お前」

と語尾に小さい「ェ」のついた口調で彼がこちらを睨《ね》めつけた。

「なんかおかしいと思っとったんや。前からちょいちょい意味のわからんちょっかいかけてきやがって」

「それは悪い、本当に悪いことをしたと思ってますよ」

「お前はなんや。何をどこまで知っとるんや」

「別に何も知りませんよ。ただ単にネットでたまたまあなたのつぶやきを見て、プロフィール画像からあれこの人近所のコンビニの店員さんじゃんってなって、あなたがネットでうそぶく華麗な生活と、僕が知るあなたの実態との違いを面白おかしく観察

していただけですよ！」

言い切ったあと斗真は「何も不審なことはしてないですよ！」と叫んだ。

ドロポンは無言で佇《たたず》んでいる。その後ろでは、壁にもたせかけた自転車のフレームが路地裏のわずかな明かりを反射していた。ドロポンの口は半分開かれていたが、言葉を失っているのが見てとれた。

関西人ですら突っ込みを忘れるほど、今の自分は無茶苦茶だ。その現状を痛感し、斗真は気の遠くなる気持ちで目をつむった。


「つまり、そのオチスレとかいう掲示板で俺はおもちゃにされてたわけやな」

事務椅子の上でドロポンもとい高橋が、片あぐらを膝に乗せる体勢で腕を組んでいる。連れてこられたコンビニのバックヤードで、斗真は、

「はい」

と立った姿勢のまま肯定した。高橋の背後では店内を監視カメラで録画している四分割の画面がパソコンディスプレイから暗い光を放っていて、ついさっき「ここ使うから」と斗真を連れて女性店員の前を横切りこの小部屋にやってきた経緯と合わさって、その姿はまるでこの狭い空間の王者のようだった。

「気色悪い。暇人かお前ら」

高橋の手には斗真が購入したはずのレモン酎ハイが握られている。

「悪趣味なことをしている自覚はあったんですけど」

「ともかくお宅はもうこのコンビニ出禁にしてもらうから」

眉間に深い皺を刻みながら言う高橋の言葉に、斗真は、よかった、それぐらいで済むのか、と安堵した。

自分のしたことが違法行為かと問われれば、まだその範疇《はんちゅう》ではないだろう。しかし悪質で迷惑な行為なのは確かだった。その自覚があるから最低限の謝意でこうしておとなしく連行されたわけだが、次に高橋が発した言葉に、斗真は逃げなかったことを後悔した。

高橋がこめかみに指を置いた。

「あと、免許証出して」

「いや、それは」

斗真は顔を上げ、渋い表情を作った。

「保険証でもマイナカードでも、IDやったらなんでもええですよ」

「なんでそんなことをする必要があるんですかね」

「そんなん、親御さんか勤め先の人にこの件を報告するためや。あんたみたいな人はそうでもせんと改まらんでしょう」

「馬鹿馬鹿しい」

内心で強い焦りを覚えながら、斗真は出入り口へと踵を返した。

「別にえぇっすよ！」

後ろから怒声が浴びせられた。

「わざわざ見せてもらわんでも、だいたいの身元は知ってますしね」

そう言って高橋は斗真の自宅マンション名を口にした。まごうことなき自分の住まいの名だったので仰天して振り返る。

「なんで」

「なんでやあらへん。あんたが前々からメルカリ便で服やら靴やらの発送を持ち込むたびに、こっちと歳が近そうな割にやたらええマンション住んどるやんけ、って鼻についとったんや」

確かに自分は比較的、家賃の高い物件に住んでいる。己のつまらなさを補填するために、コツコツと勉強に取り組んできた結果、それなりに名のある企業に勤め、年収は同年代の平均値の少し上をマークしている。だから出会い系アプリでもマッチングの総数自体は多いし、だからこそ、その後の結果が振るわないと自分の欠陥を突きつけられたような気持ちになる。ともあれ、高橋の言葉に泡を食いながら斗真は言った。

「そんなマンション知りません。他の方と勘違いしてますよ」

「そうですか」

高橋が眼鏡をずらし、自分の顔の至近距離でスマホをいじりながら言った。

「それなら、週明けにお宅のマンションに行って、レセプションかどっかで管理人さん相手に騒いだりましょか。ここの中階に住んでる若い男は悪質なストーカー行為をしてますよ、って」

「ご自由にどうぞ」

「あ、ヒットした」

言いながら高橋がスマホ画面をこちらに向けた。

「W大学卒、ホンダトウマさん。俺も人のことは言えんけど、あんた迂闊《うかつ》やね」

画面に表示されていたのは、斗真のfacebookページだった。画面では、例の、飲み会の写真をトリミングした画像の中で、ひと昔前の髪型をした自分がこちらに笑顔を向けている。

こちらが苦しい言い逃れをしている間に顔の画像を撮られ、顔認証システムでそこに辿り着かれたのだと気づくには数秒を要した。なんだこいつ、なぜそのネット感度の高さを自分のプライバシー保持には使わないのだと血の気が引くと同時に、斗真は高橋に向かって勢いよく頭を下げていた。

「すみませんでした！」

とにかく謝るのが善だと判断する。これまで満員電車の中では必ず両手を頭上に高く上げ、周りの人間が同僚の誰かの容姿にまつわる意見を口にした時も、決して同調しないようにし続けてきた自分がまさか、こんなところで、こんなことになるとは――。

馬鹿なことをしたという後悔が胸を貫き、かつ同時に、絶対にこの場を切り抜けなければとも思った。

「本当に馬鹿なことをしました。とても嫌な気持ちにさせてしまったことをお詫びします。申し訳ありませんでした。僕は――」

ウッ、と涙だか吐き気だかがわからないものが込み上げ、斗真は口元を手で覆った。

「とてもつまらない人生を送っていたんです。友人もおらず、恋人ができてもうまくいかず――ネットでヲチスレを見ることだけが毎日の楽しみでした。醜い感情で閲覧していなかったといえば嘘になりますが、皆から笑われるような言動をしている人たちの姿を見れば、自分の人間関係のうまくいかなさも紐解けると思ってそうしていたんです。そこで見つけたのが、高橋さんだった」

嘘は言っていないので自然と本心からの情けなさが伴い、斗真は顔を歪めて瞠目《どうもく》した。

「ご本人の姿を知っていたので、なぜこんな嘘をつくんだろうと興味を引かれました。

そして、あんな行動に至ってしまいました。そんなくだらないことでしか日々の不安を紛らわせないような、ろくでもない心境だったんです。惨めな人間で、今、見せられたfacebookのプロフィール画像も、友人がいる人間だと周りに見せかけたくて、仕事の飲み会の写真を切り取って、必死でそれらしくしたものです。マッチングアプリにも同じ画像を使って、自分を繕って女性たちと出会いました。くだらない人間です。ちなみに」

息を吸ってから、言った。

「ずっと好きだった女の子とも、今日、駄目になりました」

バックヤードに沈黙が流れた。

高橋は変わらず側頭部に指を置いた格好で、こちらを眺め続けている。眉根をひそめた表情にも変化がない。謝罪のターンで長々と言い訳をするという不誠実な行為を前に、ギロチンの刃を落とさんとしている施政者の姿にも見えた。バックヤードにある陳列棚の裏側から、コンビニ店内で流れるCMソングがかすかに聴こえてくる。

数十秒ほどの無言のあと、高橋が口を開いた。

「友達がおらんのも納得って感じすね」

返す言葉もなくうつむく斗真を前に、高橋がこめかみの指を頬杖に変えて横を向いた。

「まあ俺も友達はおらんけど」

「本当に、申し訳ありませんでした」

再度頭を下げる斗真に、高橋が言う。

「すみませんでした、すみませんでした、って、お宅なあ。謝るだけで済んだら悪人丸儲けやで」

「申し訳ありませんでした。しかしそれは、つまりどういう」

一定の気が済むまで叱責したいのか、もしくは何か要求があるのかの判別がつかず、斗真は顔を上げた。土下座か、金か、と汚い予想が頭をよぎる。しかし高橋は斗真の考えを見透かしたように、

「いやもうその、じゃあどうしたらいいんですかみたいな態度がまずもって間違ってるやん……」

とやや疲れたように椅子を回転させて斗真に背を向け、後ろ姿のまま卓上のティッシュで眼鏡を拭いた。

「さっきから、自分はつまらない人間、って連呼してるけど、W大卒で、あんなマンション住めるだけの稼ぎがあって、そのツラで、なんでそんなにも人生がつまらんもんかね」

彼の手にある缶酎ハイの蓋がいつの間にか開いていることに気がついて、斗真は

思った。やばい、なぜか飲み始めている。ここからさらに長くなりそうだと察して、少し迷ったあと、斗真は高橋に自分のこれまでを語った。棚橋とのこと、他者と遊ぶことができないという悩み、そうしてその後もせっかく得た人間関係がことごとく自分の手から離れてしまったこと。

話題が合コンやマッチングアプリをはじめとする女性関係に及んだ時、ガシャ、と鈍い音がした。怒気を思わせるその音に驚いて彼のほうを見ると、事務机の上にはSEIKOの腕時計が転がっていて、高橋が自分の手首から外したそれを机上に放った音だったのだとわかった。

「そこよ、そこ」

険しい顔で高橋がこちらを指差した。

「暗い半生みたいに語ってるけど、自分、なんだかんだで女にはモテてますやん」

「いえ、ですから、そのスタート地点に漕ぎ着けることには問題がないんだけど、でもそこからがちょっと、という話です」

「俺にとっての未知の領域をそんな簡単に語らんでくれる？」

高橋が音を立ててレモン酎ハイの缶を握りしめた。

「未知、ですか」

「喧嘩売っとんのか。モデルの彼女さんはどうしたんですかって顔しとるな」

「いえ、そんな」

「ああそうや。そっちも知っての通り、あれは真っ赤な嘘や。けどこっちはあんたみたいに性根が歪んどるから彼女ができへんのと違うぞ。出会いがないからアカンだけや」

「出会うだけなら、アプリとか使ったら今は割と簡単に――」

　言い終える前に高橋の手が動き、こちらに向かって机の上のものを投げた。

SEIKOの腕時計だった。慌てて避けると、腕時計は背後にあった段ボールに当たって床へと転がった。

「それはお前みたいなステータスの強い奴の話やろ！」

「別に強くないですよ！」

　生まれて初めてこんなにもまっすぐな卑屈をぶつけられ、驚愕する。戸惑う斗真を前に高橋が、

「もうええ。決定した」

　と、意味不明な言葉を発した。

「何がですか」

「くだらん話を長々聞いた俺が阿呆やったわ。けど、一個だけ興味深い点があった」

「なんですか」

「まず確認する。お宅は俺に、今回の悪さを詫びたいと思ってる。その点に相違はないな?」

恐ろしげなことを言われ、すぐには頷けなかった。しかし、おそらく最終的には受け入れるほかないと考えて、斗真は恐る恐る「はい」と同意した。

「よし。決定」

と高橋がまたしても言い、それから、彼は自分の考えを口にした。最後まで聞いてから、斗真は、

「——え?」

と困惑の気持ちで高橋の顔を見つめた。

「それは、なんなんですか」

「だから」

手にした酎ハイ缶を膝の間にぶら下げ、高橋が前傾姿勢のまま言った。

「お前の使い道や」

至極、真面目な顔だった。高橋の手にある缶は彼が怒りに任せて握り込んだ形に凹んでいて、その上にある小さな四の字方位記号が、どこともつかぬ方角をまっすぐ指し示していた。

＊

「うわあああ」

　字に書いたような叫びが口から漏れた。目の前に広がる景色を眺めながら、斗真は自分の両肩を掴んで極寒に震えていた。雪の白と山肌の黒で構成される視界の中を切り付けるような寒風が吹きすさび、眼下の登山道には、幾人もの登山客の姿があった。ここにいる全員がマゾヒストで、ここは変態の集いの場だと思った。つい先週、K倉散策へ赴いた時はまったくの春の陽気だったのに、ここ山の上と下界では気温どころか四季さえ異なっていた。

「あああ」

　また叫びが溢れる。意図的にそうして声帯を震わせでもしなければ、寒さですべての気力がくじけてしまいそうだった。なぜこんなことになったのだろう。二合目にある山小屋を出てすぐの所で室温と外気の落差に早くも下山の二文字が頭を占めている斗真の後ろから、リュックを背負った高橋が言った。

「何がそんな寒いねん。そんな大層な服着てるくせに」

と、高橋が斗真の着ているノローナの登山用ダウンジャケットを睨みつけた。先日、初めて会話らしい会話をした高橋から半ば脅しのようにこの登山の約束を取り付けられてから急いでデパートにて購入した登山服の中で体を震わせながら、斗真は悲壮な気持ちで言った。

「無理だよ。ハードすぎる」

「二合目で何言うてんねん。初級者向けの山やぞ」

「頂上まで行くのはやめにしないか」

「いいや。行く」

目前に伸びるルートを見据えて、高橋が言った。決然とした表情だった。

「一番上まで行って、山頂碑の前でお前と写メを撮る」

高橋の登山靴が、ザッと音を立てて一歩を踏み出した。

「それがお前の使い道や」

コンビニのバックヤードで高橋のプランを聞いた時、斗真はその突飛さに困惑した。

「今度の日曜、予定を空けろ。俺はお前と山に行く」

意味がわからず斗真は口を挟みかけた。「いいから聞け」と高橋がそれを制止した。

「お前のくだらん自分語りの中で、唯一、マッチングアプリの箇所だけは興味深かった」

　高橋が両手の中の酎ハイ缶の底を指で叩きながら言った。

「プロフィール写真って、自撮りはあかんのやな」

「え？　――ええ、まあ」

　覚束ない気持ちで斗真は答えた。

「駄目というか、ひとつのテクとして、一般的に、友人の存在が匂わせられる画像のほうが、印象が良いとされていますね」

「確かにそれは聞いたことがある。雁木マリがラジオ配信で言っとった」

　毒舌系女性YouTuberの名だった。

「なんでも、それに加えて、爽やかな感じの趣味があることを匂わせられる画像やったら、なお良いんやと」

「ああ、まあ」

　確かにそれはそうだ。斗真がアプリで用いているのは飲み会の画像だが、マッチングアプリ市場における斗真のライバル同性たちは、活動的な趣味の場での自分の姿を写真投稿している者も多い。斗真も本当は、自分にも写真映えするような趣味のひとつもあれば良かったのにと思ったことがある。

　高橋が手の中で缶を転がした。

「考えてみたら俺もお宅と同じで、ツレと撮った写真なんか一枚もないねん。山が好きで時々一人で登りには行くから、登山っちゅう爽やかな趣味の部分はクリアしてるねんけどな」

「あの」

話の途中で斗真は右手を遠慮がちに掲げた。

「何か、よくわからないんですけど、マッチングアプリに興味が出てきたということですか」

斗真の問いに高橋は視線を斜め下にやり、「まあ」と酎ハイ缶の底を再び指で叩いた。

「あの、それだったら」

斗真は目の前の男の口から出た「山」という言葉に、怖気付いていた。行きたくない。その感情が筆頭だった。

「もし良かったら俺、合コンとか企画しますよ。女の子を集めるだけだったら、できると思うし。だから山とか、そんな突拍子もない考えは」

「馬鹿野郎」

高橋が突然、缶を振りかぶるポーズをした。

「お前と並んだら俺が霞むやろ！」

「そんなことないですよ！」

斗真は両手を前に突き出して高橋をいさめながら、

「というか」

と疑問を口にした。

「そんなことないと思いますけど、仮にそう思うんだったら、それは俺と一緒に撮った画像でも、同じことなのでは」

「そこで、これが参考になるわけや」

そう言って高橋がスマホをこちらに向けた。画面には斗真が飲み会の写真を切り取り加工した、facebookのプロフィール画像が表示されていた。

「こんな風に、ええ感じに楽しげなシチュエーションを背景にしつつ、ええ感じにツレの姿を見切れさせたらええねん。幸い、お宅はなんや雰囲気も垢抜けとるし、髪型とか服装の端っこを映り込ませるだけで、俺にイケてる友達がおるように見えるわ」

そういうのって大事なんやろ、と高橋が腕を組み、椅子の背に体を預けた。

「登山の経験はあるか？」

「――ないです」

「やろうな。ほな、初心者向けのT山あたりがええわ。そのてっぺんの山頂碑の前で、俺はあんたと写メを撮る」

「いや、それは」

「嫌なんか。ほな、Mヶ山にしよか」

「え？」

「それも嫌なら、G岳や。早よ答えんと、どんどん標高上がっていくぞ。ネットストーカー行為でコンビニ店の営業妨害をしたW大卒、ホンダトウマさんよ」

言いながら高橋がこちらにかざしているスマホでそのまま無駄にもう一枚、今度は無音カメラを使わずに斗真の写真を撮った。そのシャッター音に気圧され、自分の所業と社会的立場を天秤にかけた結果、最終的に、斗真は首を縦に振っていた。

「しかし、この山程度の山頂碑やと、女らにニワカって思われへんかなあ」

ぶつぶつとつぶやく高橋が登山靴のスパイクで地面を噛みながら前を行く。後を追いつつ、斗真は息をするたびに冷気で焼け付く肺の痛みにあえいでいた。

「そんな、ことは、ないと、思うよ」

すでに山の中腹と呼べる場所まで来ていたが、高橋の後ろ姿は軽快だった。あんなにヒョロヒョロの体型なのに、と思ったが、スリムだからこそ全身に負担がかからず、持久戦に向いているのかもしれなかった。

「俺も、T山って聞いたところで、それが、どんなレベルの山なのか、全然わかんなかったし」

息も切れ切れに歩く。初心者向けの山と言うだけあって、傾斜自体はさほどきつくない。すでに踏み慣らされた道を行くだけの、ほぼハイキングコースのような趣《おもむき》だった。だが、緩やかな坂を高橋のペースについて延々と登る動作に、疲労で乳酸の溜まった腿が上がらなくなる。

すっかり顎が上がった斗真の横を、鍔の広いアウトドア用帽子を被った老夫婦が追い越していく。五メートルほど先にいる高橋は、傾斜がいったん平らになった踊り場のような場所で、こちらに背を向けて腕を組み、仁王立ちの格好で、何やらそこから見える景色を見下ろしていた。

その横を老夫婦が通り過ぎる際、高橋がその格好のまま彼らへ「おはようございます」と彼らのほうを見もせずに言った。老夫婦は高橋へにこやかな挨拶を返し、先のルートへと消えていった。

束の間、山道は高橋と斗真の二人だけとなった。

「何見てるの？」

ようやく高橋に追いつき、息を整えながら尋ねた。

「愚問やろ」

確かに、高橋が見つめる先には澄んだ空と、遠近感が狂いそうなほど広大な、美しい山並みの景色があった。しかし、まだ山頂でもあるまいに、そんなに見惚れるほどかと思いながら斗真は彼の隣で、こわごわと足元を見下ろした。そこは少しせり出したような形の場所だった。だがその下は斗真が想像したような切り立った崖にはなっておらず、大きな段々がなだらかな間隔で遠くまで続いているだけだった。

斗真はほっとして、リュックサックからペットボトルを取り出した。途中の休憩所の自販機で買った、ホットの紅茶だった。手袋を外して容器に触れるとすでにぬるかったが、冷たくないだけましだった。

斗真は素手で蓋を回した。すると、ずっと手袋をしていたせいで感覚の鈍くなった指先から蓋を取り落としてしまい、オレンジ色をしたプラスチックの蓋が、すぐ下の斜面へと転がり、平らな場所で止まった。

真っ白な雪の上に、鮮やかなオレンジの蓋がぽつんと落ちている。

「山を汚しやがって」

「取ってくるよ」

「阿呆か、やめとけ」

「大丈夫だって」

言って斗真は自分たちの立つ場所のへりに手をつき、段差の下に降りた。未踏の雪地を踏んで蓋を拾い、ふたたびへりを掴んで、もと居た場所に戻ろうとした。が、斜面のくぼみに足をかけて登ろうとするも、その取っ掛かりはすぐにさらさらと崩れてしまった。

「あれ」

ほんの二メートルほどの段差の下で途方に暮れる斗真を見下ろし、高橋が言った。

「阿呆なん？」

「ごめん。助けてください」

「どうしよっかな」

高橋が頭上でしゃがみ込んだ。

「考えてみれば、色々条件は揃ってるわけやし」

そう言って彼が山登り用の服を着た斗真の姿を顎で示した。言わずとも、それが斗真をここに放置すれば比較的、自然な形で凍死させることができるという意味だった。

「まあそうなるよね」

斗真は言った。

「山に行こうって言われた時点で、実は、俺を殺して埋める気なのかなとも思ってたんだ」

「察しが良くて助かりますわ」

高橋が地面の雪を掴み、握り込んだ雪玉をこちらに向かって放り投げた。咄嗟に顔を防いだ斗真の腕に雪玉が当たり、軽い音を立てて砕け散った。

「すぐに物投げるのやめてよ。うんこ投げてくる猿かよ」

「おら、おら」

高橋がなおも連続で雪を放ってくる。斗真はうんざりして手で払っていたが、雪玉の一発が首の周辺に当たった。服の隙間から入り込んだ雪に叫びたくなるほどの冷たさを感じた時、少し、本気の苛立ちを抱いた。足元の雪を掴んで頭上の高橋へと放る。横殴りに放ったため、散弾のような軌道で氷のつぶてが高橋の顔面に当たった。「お前っ」と眼鏡のレンズの内側に雪を積もらせた高橋が口の中に入った雪を吐き出し、立ち上がった。

「舐めんなよ。こっから小便かけたろか」

「やってみろよ」

「ほんまにやるぞ」

「やってみろっつってんだよ」

「お前コラ、あとで泣き言ぬかすなよ。見さらせ、今からお前の顔面に――」

突然、高橋が言葉を止めた。急に硬直した高橋の口から数秒後、

「おはようございます」

という固い声が発された。斗真には見えない位置から「おはようございまーす」と

二、三人分ぐらいのピチピチとした高い声が返ってきた。若い女性登山者たちを後ろにズボンのファスナーへ手をかけかけた格好のまま固まっている高橋の姿を見て、斗真の口からヒッ、と笑いが漏れた。そのままヒッ、ヒッ、と引き笑いが止まらなくなり、斗真は右手で口を押さえたまま左手を雪面につけてうつむくと、女性たちが去った頃合いを見計らって、大声でけたたましく破顔した。

「何笑ってんねん。しばくぞ」

「ごめん。だって」

「もうええから、さっさとそこから上がってこい」

苦い顔で高橋が近くの木の幹に右手をかけ、左手をこちらに伸ばす。斗真は笑いの涙を指の背で拭い、息をついたあと、手のひらの雪を払って、その手をしっかりと掴み取った。

「並べ」

ニット棒に粉雪を散らせた黒髪の女性が、強い語気で斗真たちに命令した。

彼女の手には高橋のスマホが握られていて、その背後では、女性の連れらしき太った白人男性が、笑顔で、山頂から見えるあちこちの景色を手に持った厳ついカメラに収め続けている。

「もっと並べ」

母語はおそらく中国語だと思しき黒髪の外国人女性が、優しげな微笑みとは裏腹な強い日本語でふたたびこちらに指示を出した。カメラに収まるようもっと近くに寄れ、の意だと解した斗真と高橋は、石でできた細長い山頂碑を間に挟んで、肩と肩とをぎこちなくにじり寄らせた。

「あのさ、こんな感じで大丈夫?」

とりあえずピースサインをしながら斗真がうかがうと、「一枚目はそれでええ」と高橋が指を同じ形にして写真に収まった。そのあと、ポーズを変えてさらに何枚か撮った。黒髪の女性から「ちょと、ジャンプしてみろ」とカツアゲのような台詞のポーズ指示を出され、山頂碑を中心に、二人で思い切り上に跳んだ。

手を振り去っていく女性と白人男性に礼を言い、戻ってきたスマホを二人で覗き込んで写真をチェックする。結論、一番良いのは無難なピースサインのものであると斗真も高橋も意見を同じくした。

「ねえ、これかなりいいよ」

興奮した声で斗真は画像を見つめた。横からスマホ画面を覗き込む高橋も、

「いい。これは、いい」

とにわかに声を上ずらせた。

画面の中では、斗真と高橋が山頂碑を間に、ピースサインで口をキリリと結んでいる。斗真のほうは恣意的に、高橋のほうは気合いから自然とそうなったのか、お互い真ん中の山頂碑に向かって、顔がスカした角度で傾いていた。いわゆる決め顔なのだが、二人でそうしているからか、男同士がふざけてそうしあっているような親しみが感じられる。

画像の中の高橋は、加工アプリを使ったわけでもないのに、実物よりも男前だった。おそらく表情癖によるものと思しき眉間の皺などの粗が光で飛び、気さくなオシャレボウズに見えないこともない。雪原がレフ板の役割を果たしたのだろう。

高橋が画面の前で指を動かした。

「ここをこうして切り取って、お前のなんや毛先を遊ばせた髪型の端っことピースを映り込ませる。ええぞ、ええぞ、使えるわ」

「それか、俺の顔を隠すのにスタンプ使ったら?」

「そんな手もあるんか。どんなスタンプ使ったらええんや」

素早くスタンプ一覧をスクロールする高橋の横で、斗真は自分のスマホを使い、こちらにもBluetoothで転送してもらったその画像を見つめた。保存ボタンをタップし、それから手動でクラウドにも保存した。高橋のために撮った画像だが、これは自分にとっても使えるものであることは間違いなかった。画像の中では自分が、アウトドアという人聞きのいいシチュエーションで、同年代の男と楽しげに写真へ収まっている。登山用のダウンで痩せぎすの体型が隠れた高橋は、垢抜けているとは言わないまでも、どこに出しても恥ずかしくない男友達の姿に見えた。ずっと空白だったチェックボックスにようやく達成の印を書き入れることができた充足感が胸に広がる。斗真は架空の誰かとの会話を空想した。『隣に写ってるこの人は?』『ああ、俺の友達なんですよ』——。

そう考えた直後に、斗真は自分の顔から表情が落ちるのを感じた。

自分は、またマッチングアプリをやるのだろうか。

頭に浮かんだのは、佳奈のことだった。彼女とは先週のK倉の一見以来、没交渉が続いている。翌日に二日酔いで目を覚ましてからLINEを開くと、未読のまま半日以上放置してしまった佳奈からのメッセージがあった。無事に実家へ辿り着いたという報告と、病院には行ったか、と斗真へ問う内容の文章だった。斗真はせっかく心配してくれたのにあのような対応をしてしまったことへの謝罪を記して返信した。そこから返事は返ってこなかった。病院に行っていないことを察して呆れているのかもしれないし、それ以上に他の面で、斗真のことが嫌になったのかもしれなかった。悪いのは、あの日、公衆の面前で赤っ恥をかいたことではなく、その後の自分の対応であるのは間違いなかった。

「なんや、辛気臭い顔して。腹でも減ったんか」

「ああ、いや」

高橋の声で斗真は顔を上げた。

「目的達成したからって、力尽きんなよ。まだ下山があるぞ」

山頂にある食事処を高橋が指し示した。二人で店に入ってダウンを脱ぎ、斗真はカレーライス、高橋はラーメンを食券で注文した。上着なしの格好になると、自分が着ている丸首のシャツは、思ったよりも登山の汗で湿っていた。

「しかし、わからないんだよね」

カレーを先割れスプーンですくいながら斗真は言った。

「何がや」

「ここまで来てもいまだに、山登りをする人の気持ちがさ。たとえば今回みたいに頂上での目的があるとか、踏破することが名誉につながる山とかだったら、わかるんだよ。でも、一般の山登り好きの人って、必ずしもそうじゃないだろ。しんどい思いをして登って、また下りていくわけだろう」

「わからんのなら、素質がないということや」

高橋がラーメンを啜る。麺の尻尾が揺れて汁が跳ねないよう、箸を麺の先端にスライドさせて押さえ、綺麗に食べている。

「一生わからん。諦めろ」

そうなのかなと返して斗真はカレーを口に入れた。具の小ささからして、おそらくレトルトを温めただけのものだと思われた。だが、噂に聞いていた通り、山の頂上で食べるカレーは異様に美味《うま》かった。この美味さを味わうために山に登る人もいるのだろうかと考えたが、高橋が言わんとすることとは違う気がした。

「でも、今日一日は気負わずにいられたよ」

斗真は言った。

「最初から嫌われてたのが良かったのかもしれないね」

「イケメンは減点に臆病やな」

高橋が雑にまとめた。斗真はスプーンで添え物のらっきょうを拾いながら、自分の臆病さについて考えた。

佳奈の件はもちろん、棚橋の時も、斗真は自分からその後のアクションを起こさなかった。しかし、佳奈との場合はともかく、友人関係において、それは間違ったことなのだろうか。相手の気づまりを察したら、そっと離れるのが、空気が読めるということなのではないだろうか。

空調で暖められていた休憩所から外に出ると、二合目の時ほど落差の寒さを感じなかった。見上げた真上に太陽があり、雪面を照らしている。正午だった。

「さっさと下りるぞ。天気悪くなったらかなわん」

高橋が余韻も何もなく下山ルートへ歩き始める。斗真は「少しだけ待って」と言い、そこから見える山稜の景色へスマホのカメラを向けた。すると、電波が一本だけ立っていることに気が付いた。斗真は少し考えたあと、カメラ画面を閉じて、佳奈に短いメッセージを送信した。要約すると「ごめん」のひとことでしかないメッセージを飛ばし終えた時、斗真はなぜか、先ほどの先割れスプーンを自分が山頂から下界に向かって放り投げているさまを連想した。

山頂碑に背を向け、高橋の後に続く。下り道を歩き始めると、登り道とは違って脚の前面の筋肉が張るのを感じた。

目的があった往路とは異なり、復路は二人とも口数が少なくなった。高橋はまっすぐ前を向いて、黙々と足を前に動かし続けている。しかしそれは斗真をうろたえさせる沈黙ではなく、マイペースにも自分の世界へ没入している人間の姿だった。

やがて、高橋は小さな声で歌を口ずさみ始めた。なんの曲かはわからなかったが、既存の曲にしてはメロディがどうにもプログレッシブなので、高橋の即興なのかもしれなかった。

この山を下りたら、二度と高橋と関わることはないのだろう。

斗真はリュックの紐を握り、高橋の後頭部を眺めた。

よかったら、また一緒にどこかへ行かないか。

そう声をかけたら、どんな返事が返ってくるのだろう。

斗真は口を開いた。だが、出かけた言葉を呑み込んで、唇を結んだ。自分が高橋にした所業を考えると、調子のいいことなど何ひとつ言えるはずもなかった。彼の目的が達成された今、自分はもう、あのコンビニにも行くべきではない。

斗真はリュックから紅茶のペットボトルを取り出した。今度は落とさないよう気をつけて蓋を回し、残り少ない中身を飲んだ。紅茶を飲み干すために上を向くと、頭上の山肌から伸びる冬木の枝に、一羽の大きな白い鳥が止まっていることに気が付いた。鳥は斗真の視線に気づくと、嫌そうに羽を持ち上げて、白い体を真昼の陽光にきらめかせながら、山間のほうへと飛び去っていった。


『なるほど』

ハートのロゴマークの向こうで、痛みへ寄り添うようにカウンセラーが言った。

『それで、その女性とは、それ以降――』

「終わりになったというか、既読だけ付いて、五日経った今でも、返信はまだないですね」

そうですか、と優しい声でカウンセラーが言う。佳奈とのK倉デートの顛末を聞き、斗真へ掛ける言葉を選んでいるような声の調子だった。

『でも、既読が付いたのなら、ブロックはされていないということですね』

「まあそうですね」

そこから、お前は今後どうしたいと思っているのかという問いがあり、斗真は、明日にでももう一度、メッセージを送ってみようと思っていることを伝えた。

高橋とのことは、カウンセラーにはひとつも話さなかった。彼との出会いの経緯を話せば、そんな掲示板を見る行為の病的さが取り沙汰されるのはわかりきっていた。言われなくても、あの掲示板を見るのはもうやめるつもりだ。

『私が先週お話しした質問の件は、気になさらないでくださいね。これから先、そう思える一日を本田さんが迎えられるよう、これからもお手伝いしますから』

一瞬、何の話かと思ったが、遅れて思い出した。人生で一番楽しかった日はいつか、という質問のことだ。斗真は礼を言い、挨拶を済ませて通話を切った。

通話中に飲んでいた缶コーヒーを飲み干し、空になった缶を台所のゴミ箱へ持っていく。ペダルを踏んで蓋を開けると、リサイクルゴミ用にしているコンビニ袋が、缶とペットボトルでいっぱいになっていた。翌朝の出社時に仕分けして捨てるのは面倒なので、夜のうちにマンションのゴミ集積場に持っていくことにする。

ゴミ袋とスマホを手に、斗真は部屋着のまま玄関ドアを開けた。夜景の見える廊下を渡ってエレベーター前に行き、ボタンを押す。二基あるうちの一基が自分の階まで上がってくるのを待ちながら、スマホで例の掲示板を開いた。

〈痛いネット民をヲチするスレ Part5〉

斗真が見ていない間に次スレが立っていた。もう内容には目を通さず、斗真はスレ冒頭にあるガイドラインから、自分の書き込みが残っている過去スレのログにアクセスした。自分の書き込みの部分に対してだけでも、削除依頼を出すためだった。削除申請が通るかどうかは掲示板管理者の判断次第だが、斗真は高橋関連の書き込みを呼び出すために、検索欄に自分のＩＤを打ち込んだ。

〈俺、この人知ってるかも〉

〈ドロポンの店行った。本人いた〉

〈ぼそっと「ネリチャギ」って言って帰ってきた〉

古い順から自分の書き込みが表示される。

エレベーターがやってきて、斗真は中に乗り込んで一階のボタンを押した。

〈sgaY703はチキンだな〉

ＩＤ検索したため、こちらを名指ししている他人の、過去の書き込みも一緒に表示される。

〈個人的にはもっと攻めてほしい。このままじゃsgaY703はただのピンポンダッシュ

マン〉

〈sgaY703、続報待ってます〉

エレベーターが一階に着き、斗真はスマホ画面を横目にゴミ集積場の扉を開いた。一旦スマホをポケットに入れ、手にある袋の中から、ペットボトルの蓋、ボトル本体、ラベル、空き缶、とそれぞれ別のゴミ籠へと放り込んでいく。最後に残った空のコンビニ袋をビニールゴミの籠に捨て、ふたたびスマホを取り出して画面を繰り下げた時、そこにある文字を見て、斗真の指が止まった。

〈sgaY703、見てるか?〉

それはスレの終わりにほど近い位置にある書き込みで、初めて見る文章だった。

日時は三日前のものだった。過去ログとはいえ、高橋の話題などとっくに去ったであろうはずの時勢の書き込みだ。一体どういうことなのだろう、と斗真はID検索を解除して、その書き込みの位置まで前スレのログを繰った。スレ民たちの書き込みが並んでいて、その中の一文が斗真の目に飛び込んできた。

〈ドロポンがまたまたイキってるw〉

書き込みにはXのスクリーンショットが貼られていた。タップする前からわかってはいたが、画像を開くと予想通り、それは高橋のつぶやきを画像保存したものだった。

高橋の新しい投稿だった。写真がポストされている。

登山服を着たあの日の自分たちが、山頂碑を間に大きくジャンプしている画像だった。

高橋の顔の位置には、舌を出しながら目を回して笑っている顔文字のスタンプが貼られている。

斗真の顔の部分には、両目を星マークにした顔文字のスタンプが貼られていた。

画像には短い文が添えられていた。

〈ツレと山きた〉

ヲチスレ上には、その投稿に対するスレ民たちの書き込みが続いていた。

〈ドロポン意外とアクティブだなｗ〉

〈ドロポンの話題はもういいって〉

〈これどっちがドロポン？　登山服だからガリガリ体型がわからん〉

〈ノローナ着てるほう？〉

〈ないだろ　雰囲気的に陽キャじゃん〉

〈どっちにしろドロポンはマジでリア充だったってこと？〉

〈どうせ拾い画に決まってる〉

流れていったはずのドロポンの話題が多少、盛り返していた。しかしやはりさほど興味深いテーマではないらしく、住民たちの書き込みは徐々に別の話題へと逸れていき、掲示板の書き込み上限である1000レス目に近いところで、誰かが最後に吐き捨てて終わった。

〈こいつマジで嘘ばっかだな！〉

斗真は笑った。スマホを片手に深夜のゴミ集積場を出て、エレベーターへ乗る。上階のボタンを押すと、重力も感じさせずにエレベーターボックスが上昇した。

笑いの名残の息をつく斗真を乗せて、エレベーターは静かにまっすぐ、上を目指して昇っていった。

（了）

この物語はフィクションです。実在の人物、団体等とは一切関係がありません。本書は、二〇二四年六月に小社より刊行されたアンソロジー「私を変えた真夜中の嘘」収録作である「ファン・アート」を再収録し、書下ろし作品「ヲチ」と合わせ新たに出版したものです。

夏木志朋先生へのファンレターのあて先
〒104-0031　東京都中央区京橋1-3-1　八重洲口大栄ビル7F
スターツ出版（株）書籍編集部 気付
夏木志朋先生

ゲーム実況者ＡＫＩＬＡ

2025年3月28日　初版第１刷発行

著　者　　夏木志朋　©Shiho Natsuki 2025

発 行 人　　菊地修一
デザイン　　フォーマット　西村弘美
　　　　　　カバー　北國ヤヨイ（ucai）
発 行 所　　スターツ出版株式会社
　　　　　　〒104-0031
　　　　　　東京都中央区京橋1-3-1　八重洲口大栄ビル7F
　　　　　　TEL　03-6202-0386（出版マーケティンググループ）
　　　　　　TEL　050-5538-5679（書店様向けご注文専用ダイヤル）
　　　　　　URL　https://starts-pub.jp/
印 刷 所　　大日本印刷株式会社

Printed in Japan

ISBN　978-4-8137-1722-5　C0193

スターツ出版文庫　好評発売中!!

『この世界が終わる前に100年越しの恋をする』　櫻井《さくらい》千姫《ちひめ》・著

心臓に爆弾を抱えた陽彩は、余命三カ月と告げられ、無気力な日々を送っていた。そんな彼女の前に現れたのは、百年先の未来から来たという青年・楓馬だった。「僕は君の運命を変えに来た」――そう告げる彼の言葉を信じ、陽彩は彼と共に未来を変えるために動き始める。二人で奔走するうちに、陽彩は次第に彼に惹かれていく。しかし、彼には未来からきた本当の理由に関わるある秘密があった。さらに、陽彩の死ぬ運命を変えてしまったら、彼がこの世界から消えてしまうと知り…。二人が選んだ奇跡のラストとは――。

ISBN978-4-8137-1708-9／定価770円（本体700円+税10%）

『死にたがりの僕たちの28日間』　望月《もちづき》くらげ・著

どこにも居場所がないと感じていた英茉の人生は車に轢かれ幕を閉じた。はずだった――。目覚めると、死に神だと名乗る少年ハクに「今日死ぬ予定の魂を回収しに来ました。ただし、どちらかの魂です」と。もうひとり快活で悩みもなさそうなのに自殺したという同級生・桐生くんと与えられた猶予の28日でどちらが死ぬかを話し合うことに。同じ時間を過ごすうちに惹かれあうふたり。しかし桐生くんが自殺を選んでしまった辛い現実が発覚し…。死にたがりの私と桐生くん。28日後、ふたりが出した結末に感動の青春恋愛物語。

ISBN978-4-8137-1709-6／定価770円（本体700円+税10%）

『バケモノの嫁入り』　結木《ゆのき》あい・著

幼き頃、妖魔につけられた傷により、異形の醜い目を持つ千紗。顔に面布を付けられ、“バケモノ“と虐げられ生きてきた。ある日、千紗が侍女として仕える有馬家に妖魔が襲撃するが、帝國近衛軍、その頂点に立つ一条七瀬に窮地を救われる。化け物なみの強さと畏怖され、名家、一条家の当主でもある七瀬は自分とは縁遠い存在。しかし、彼は初対面のはずの千紗を見て、何故か驚き、「俺の花嫁になれ」と突然結婚を申し入れ…。七瀬には千紗を必要とする“ある事情”があるようだったが――。二人のバケモノが幸せになるまでの恋物語。

ISBN978-4-8137-1710-2／定価770円（本体700円+税10%）

スターツ出版文庫　好評発売中!!

『きみは溶けて、ここにいて』　青山永《あおやまえい》子《こ》・著

友達をひどく傷つけてしまってから、人と親しくなることを避けていた文子。ある日、クラスの人気者の森田に突然呼び出され、俺と仲良くなってほしいと言われる。彼の言葉に最初は戸惑う文子だったが、文子の臆病な心を支え、「そのままでいい」と言ってくれる彼に少しずつ惹かれていく。しかし、彼にはとても悲しい秘密があって…？　「闇を抱えるきみも、光の中にいるきみも、まるごと大切にしたい」奇跡の結末に感動！　文庫限定書き下ろし番外編付き。

ISBN978-4-8137-1681-5／定価737円（本体670円+税10%）

『君と見つけた夜明けの行方』　微《び》炭酸《たんさん》・著

ある冬の朝、灯台から海を眺めていた僕はクラスの人気者、秋永音子に出会う。その日から毎朝、彼女から呼び出されるように。夜明け前、2人だけの特別な時間を過ごしていくうちに、音子の秘密、そして“死”への強い気持ちを知ることに。一方、僕にも双子の兄弟との壮絶な後悔があり、音子と2人で逃避行に出ることになったのだが——。同じ時間を過ごし、音子と生きたいと思うようになっていき「君が勇気をくれたから、今度は僕が君の生きる理由になる」と決意する。傷だらけの2人の青春恋愛物語。

ISBN978-4-8137-1680-8／定価770円（本体700円+税10%）

『龍神と許嫁の赤い花印五～永久をともに～』　クレハ・著

天界を追放された龍神・堕ち神の件が無事決着し、幸せに暮らす龍神の王・波琉とミト。そんなある日、4人いる王の最後のひとり、白銀の王・志季が龍花の街へと降り立つ。龍神の王の中でも特に波琉と仲が良い志季。しかし、だからこそ志季はふたりの関係を快く思っておらず…。永遠という時間を本当に波琉と過ごす覚悟があるのか。ミトを試そうと志季が立ちはだかるが——。「私は、私の意志で波琉と生きたい」運命以上の強い絆で結ばれた、ふたりの愛は揺るぎない。超人気和風シンデレラストーリーがついに完結！

ISBN978-4-8137-1683-9／定価704円（本体640円+税10%）

『鬼の生贄花嫁と甘い契りを七～ふたりの愛は永遠に～』　湊《みなと》 祥《しょう》・著

赤い瞳を持って生まれ、幼いころから家族に虐げられ育った凛は、鬼の若殿・伊吹の生贄となったはずだった。しかし「俺の大切な花嫁」と心から愛されていた。数々のあやかしとの出会いにふたりは成長し、立ちはだかる困難に愛の力で乗り越えてきた。そんなふたりの前に再び、あやかし界『最凶』の敵・是界が立ちはだかった——。最大の危機を前にするも「永遠に君を離さない。愛している」伊吹の決意に凛も覚悟を決める。凛と伊吹、ふたりが最後に選び取る未来とは——。鬼の生贄花嫁シリーズ堂々の完結！

ISBN978-4-8137-1682-2／定価781円（本体710円+税10%）

スターツ出版文庫　好評発売中!!

『妹の身代わり生贄花嫁は、10回目の人生で鬼に溺愛される』　編乃《あみの》 肌《はだ》・著

巫女の能力に恵まれず、双子の妹・美恵から虐げられてきた千幸。唯一もつ「回帰」という黄泉《よみ》がえりの能力のせいで、9回も不幸な死を繰り返していた。そして10回目の人生、村きっての巫女である美恵の身代わりに恐ろしい鬼の生贄に選ばれてしまう。しかし現れたのは“あやかしの王”と謳われる美しい鬼のミコトだった。「お前は運命の――たったひとりの俺の花嫁だ」美恵の身代わりに死ぬ運命だったはずなのに、美恵が嫉妬に狂うほどの愛と幸せを千幸はミコトから教えてもらい――。

ISBN978-4-8137-1655-6／定価704円（本体640円+税10%）

『初めてお目にかかります旦那様、離縁いたしましょう』　朝比奈希夜《あさひなきよ》・著

その赤い瞳から忌み嫌われた少女・彩葉には政略結婚から一年、一度も会っていない夫がいる。冷酷非道と噂の軍人・惣一である。自分が居ても迷惑だから、と身を引くつもりで離縁を決意していた彩葉。しかし、長期の任務から帰還し、ようやく会えた惣一はこの上ない美しさを持つ男で…。「私は離縁する気などない」と惣一は離縁拒否どころか、彩葉に優しく寄り添ってくれる。戸惑う彩葉だったが､実は惣一には愛ゆえに彩葉を遠ざけざる“ある事情”があった。「私はお前を愛している」離婚宣言から始まる和風シンデレラ物語。

ISBN978-4-8137-1656-3／定価737円（本体670円+税10%）

『余命わずかな私が、消える前にしたい10のこと』　丸井《まるい》とまと・著

平凡で退屈な毎日にうんざりしていた夕桔は、16歳の若さで余命半年と宣告される。最初は落ち込み、悲しむばかりの彼女だったが、あるきっかけから、人生でやり残したことを10個、ノートに書き出してみた｡ずっと変えていなかった髪型のこと、疎遠になった友達とのこと、家族とのこと、好きな人とのこと…。それをひとつずつ実行していく。どれも本当にやろうと思えば、いつだって出来たことばかりだった。夕桔はつまらないと思っていた“当たり前の日々”の中に、溢れる幸せを見つけていく―。世界が色づく感動と希望の物語。

ISBN978-4-8137-1666-2／定価726円（本体660円+税10%）

『死神先生』　音《おと》はつき・著

「ようこそ、“狭間の教室”へ」――そこは、意識不明となった十代の魂が送られる場所。自分が現世に残してきた未練を見つけるという試験に合格すれば、その後の人生に選択肢が与えらえる。大切な人に想いを伝えたい健人、自分の顔が気に入らない美咲、人を信じられない雅…事情を抱えた“生徒”たちが、日ごと“死神先生”の元へやってくる。――運命に抗えなくてもどう生きるかは自分自身で決めていい。最後のチャンスを手にした若者たちの結末は…？「生きる」ことに向き合う、心揺さぶる青春小説。

ISBN978-4-8137-1664-8／定価748円（本体680円+税10%）

書店店頭にご希望の本がない場合は、書店にてご注文いただけます。